じん
Story:Jin Illustration:Shidu
插畫：しづ

KAGEROU DAZE 陽炎眩亂

5

-the deceiving-

Kadokawa Fantastic Novels

CONTENTS

夜話DECEIVE 0

「……不不不，這是真的啦。撒這種謊根本沒意義吧？」

我才說完，少女臉上立刻浮現出狐疑的表情。

大概是在懷疑我吧？

……懷疑是種非常聰明的行為。

尤其是對於我這種擅長欺瞞他人的人類，這可說是相當明智的行為。

「妳不相信我啊……我明明只是想帶妳回到妳原本的身體去而已呀。」

對於我說的話，少女堅決地不願意上下點頭。

哎，也是啦。

畢竟我用了這麼可疑的說話方式，所以這也是理所當然。

當然，會用這種說話方式是有理由的。

我也並不是希望讓別人感到不快。

只是希望隨時都有人懷疑「連自己都無法相信的自己」而已。

我不了解自己。

不知道自己喜歡什麼、討厭什麼、想做什麼，以及為什麼會待在這裡。

我始終不懂自己體內的真正自我到底是什麼樣的傢伙。

所以，我才不希望有人相信這種傢伙所說的話。

加以懷疑、否定，甚至直接破壞掉也無所謂。

然後，我想要重新加以確認在那之後露出臉來的「真正的我」。

……但話又說回來，這可能也是「謊言」也說不定。

因為謊言層層疊疊地堆積得太高，使得真心話再也不見蹤影，實在令人傷腦筋啊。

不過，這個人真的很不錯。

懂得懷疑他人，擁有率直強悍的「自我」。幾乎讓人羨慕。

「……那麼，我們就這麼做好了。為了不讓妳感到厭煩，在我帶妳抵達目的地之前，就說故事給妳聽吧？如果妳覺得厭煩了，要去哪裡都隨便妳。」

少女依然露出一臉猜疑的表情。

沒錯，這樣就好。

「啊啊，不是什麼奇怪的故事喲！只是跟我的遭遇有點關係。雖然不是什麼高潮迭起的故事，但我會不讓妳感到無聊的。」

「……就當成是個八卦，聽聽看如何？」

某一天在屋頂上

「然後啊，遙就把東西全吃光了。醫生明明都阻止過他了喔！竟然還說什麼『因為很好吃所以沒關係～』這種話！」

貴音學姊連珠炮似地如此憤慨埋怨後，嘆出一口氣。

午後的屋頂上微風徐徐，十分舒爽。

鋪滿地面的水泥磚，被靜靜灑落的和煦春陽曬得暖呼呼的。

自從坐在這裡聽貴音學姊說話，大概已經過了十分鐘左右吧。

「啊哈哈，貴音學姊每次總是這麼辛苦呢。」

說著這些不會觸怒到貴音學姊的回答之後，她說著「啊～說著說著又火大起來了」，皺起了眉頭。

貴音學姊是這所高中的二年級女生，就讀特教班。
喜歡的食物是鰤魚煮白蘿蔔，討厭的食物是番茄。
專長是打電動，興趣是打電動，日常活動也是打電動，是個典型的電玩愛好者。
沒有兄弟姊妹，雙親似乎都在國外工作，所以她好像是跟祖母一起生活的。
在貴音學姊的眾多特徵當中，最明顯的特徵就是「總是露出一副不耐煩的樣子」。
像現在，明明只是稍微抱怨幾句而已，看起來就已經相當焦躁了。
說真的，如果會讓心情變差，那就不要特地挑會讓自己生氣的話題來說不就好了嗎？
可是，之所以無法那麼做的原因，就在於所謂的「少女心」。
無須特地隱瞞，貴音學姊喜歡一個叫做「遙」的同班男生。
不，當事人當然沒有這樣公開表示，只是對於只要一有機會就會聽到她抱怨「遙他啊～～」的人來說，察覺到這一點也算是理所當然。
從這一方面來看，聆聽她說話的時候，必須先了解貴音學姊的抱怨其實是種愛情表現。
要是說出「真是過分的傢伙呢～～」，踩到貴音學姊的地雷，就會變成一件麻煩事了。

沒錯，必須盡可能地避開麻煩事，過著平穩順遂的生活才行。

只要留在這間學校，這就是最需要小心注意的地方。

「不過話說回來，那兩個傢伙也未免太慢了吧？真是的，不過是買個午餐而已，到底要花多少時間啊？」

「嗯～～會不會是因為……福利社裡很多人啊？」

說完後，貴音學姊回答「誰知道呢～～」再重重用鼻子哼了一聲。凡事都要鬧彆扭，真是個壞心眼的人啊。

哎，其實自己也沒有資格說別人就是了。

貴音學姊眺望著區隔開頂樓與通往頂樓的階梯的那扇鐵門，突然像是想起某件事似地，緩緩開了口。

「……對了，趁那兩個傢伙不在，我有件事情想要問妳。」

「是，想問什麼呢？」

「沒有啦，嗯~~突然問這個可能有點怪……」

貴音學姊一邊左右游移著目光，一邊意有所指地這麼說。

到底是什麼事呢？會不會又要開始抱怨了？

「……AYANO有……喜歡的人嗎？」

出乎意料的問題，讓人有點吃驚。

原本以為貴音學姊是不會在意這方面問題的類型……

「喜、喜歡的人嗎？還真是突然呢。」

「咦？啊，會嗎？沒有啦，如果不想說的話也沒關係啦！啊哈，啊哈哈哈！」

貴音學姊的聲音尖銳了起來，驚慌失措地這麼回應。

到底有什麼事情值得這麼慌張呢？真是蠢到不行。

「不會不會，其實沒關係呀。因為我……沒有喜歡的人。」

語聲剛落，原本手足無措、坐立難安的貴音學姊突然停止動作，瞪圓了雙眼。

「怎、怎麼了？我說出什麼奇怪的話了嗎？」

「啊，不，沒什麼……」

貴音學姊說完後，又「啊哈哈……」地模糊焦點。看她那個樣子，馬上就能猜到她原本期待聽到什麼樣的答案。

多半是希望自己說出喜歡的人是那個傢伙吧。

……想到這裡，心情頓時沉重起來。

沉重到如果可以的話，真希望能立刻回家的程度。當然，現在不能這麼做。

「不過話說回來，他們真的很慢呢。要是可以快點回來就好了……」

為了想辦法轉移話題，我試著這麼說說看。

才剛說完，貴音學姊也立刻發言附和：「真的！真不曉得他們到底在幹什麼！我肚子超餓的啦～～！」

……相信再過幾分鐘，那兩個傢伙就會帶著午餐回來了吧。

這麼一來，又要開始對所有事情小心翼翼起來了。實在是件麻煩的事啊。

尤其是那傢伙的臉，說真的，實在不是很想看到。

打從第一次見面開始，就怎麼樣也看那傢伙不順眼。

這時，突然聽見了轉動門把的喀嚓聲。

「哎呀～～！對不起回來晚了！妳們肚子一定餓扁了吧～～」

「那也沒辦法啊。畢竟那邊人太多了。」

大門敞開，兩人份的聲音傳了過來。

雖然比想像中要早了一點，不過沒差。今天也要繼續毫無異樣感地、毫無阻礙地度過這一天。

輕輕吸了一口氣，「我」笑著這麼說道：

「歡迎回來，ＳＨＩＮＴＡＲＯ。」

夜話DECEIVE 1

「……可能真的有點痛啊。」

一陣又一陣刺痛，讓我忍不住皺起了臉。

我伸手撫摸疼痛來源的右邊臉頰，著火一般的高溫立刻透過冰涼的指尖直達腦內中樞。

記得自己被打的時間應該是在十一點左右。

在那之後都已經過了好幾個小時，但是痛楚完全沒有減輕的跡象，右邊臉頰反而變得越來越燙，似乎已經微微腫起來了。

「真的，麻煩死了～」

媽媽之前買蛋糕附的保冷劑，應該還放在冰箱裡。

如果用那個來冰敷，腫脹症狀多少可以改善一點吧。

要是留下瘀青，會造成各式各樣的麻煩。

以前，被住在附近的阿姨們逼問「為什麼會受傷？」還有「是誰打你的？」的時候，真的是糟糕透頂。

要是像那時候一樣，出現一大群怪人闖進家裡，會讓人受不了的。

真是的，明明放著不管就好，那群人為什麼會想埋首去干涉他人事啊？

再說，就我來看，這種小傷根本不是什麼大問題。

對，跟耗費心神相比，疼痛這種東西根本算不了什麼。

為了改變鬱悶心情，我「呼」地輕輕嘆了口氣，把整個背靠往自己坐的長椅椅背上。

正午如同滾燙開水般的高溫也漸趨緩和，不知不覺間，午後的公園開始變得冷清起來。

頭頂上的廣闊藍天還看不見太陽即將下山的徵兆，但是一層薄雲遮住了太陽，陽光變得比剛才更加宜人。

約一個小時前還霸占著溜滑梯、在沙坑裡東挖西挖的小孩們，全都不知跑哪裡去了。

現在，這裡只剩下一個正在瘋狂練習單槓後翻的女生，完全不見其他人。其他人全都像是隱藏起身影似地不見蹤影。

那也是理所當然。

我瞄了一眼裝設在公園內的太陽能時鐘，指針已經指到了下午五點，配合時間響起的鐘聲回音也正好結束，安靜了下來。

那些不見蹤影的小孩，多半都遵守著不知是什麼地方的某人所制定的「規定事項」吧。

大人們對於違反規定事項的小孩異常敏感。考慮到這一點，他們手牽著手一起回家的判斷，可說是相當聰明。

說到底，我們所生存的這個世界，其實全都建立在大人們所做出的、名為「規定事項」的土壤之上。

刻意針對這一點高舉反叛旗幟，簡直可說是自殺行動。

我們這些不知道該如何生存的小孩子，就算忤逆大人、對著大人痛哭流涕，世界也不會出現一丁點的改變。

當然，就算懷抱著享受現在這個世界的曖昧想法，也根本不可能在我今日飄搖不定的生活當中，找出一丁點改變的跡象。

……不對，可能不見得吧。

沒錯，昨天烙印在左邊臉頰的疼痛，今天就移到右邊臉頰來了。

就連這些小事或許也能稱為「變化」吧。話雖如此，是件無聊事這點倒是毫無改變。

連我都覺得自己是個彆扭的傢伙，同時也懷疑自己到底打算體悟什麼事情。

然而自己沒有朋友，在家也是獨自一人，日常生活總會接觸到大量的低俗大眾媒體。

所以我比其他同年紀的孩子知道其他更多更深入的知識，應該不算什麼異常狀況吧。

不管怎麼說，今天我也抱持著和其他小孩沒有兩樣的不成熟思考，持續遵守著自己和媽媽約好的「規定事項」。

像現在這樣混在其他孩子們之中，在公園裡度過一整天，也是規定事項之一。

早上，幫下班回家的媽媽放好洗澡水、做好早餐之後，我就像平常一樣出門前往公園。

然後就這樣一直待在公園，直到傍晚媽媽出門上班，如果有交代買東西的話，就買好東西再回家，把房間打掃乾淨之後上床睡覺。

遵守這些約定事項，就是我的職責，也是我的一切。

這麼一想，其實每件規定事項都是極為簡單的事情，可是我似乎怎麼樣也抓不到要領，總是惹媽媽生氣。

昨天是忘了買廁所用衛生紙回家所以被罵，今天則是打破杯子，又被狠狠罵了一頓。

生氣時的媽媽一定會動手打我，但是媽媽打人的手，肯定也感受到跟我一樣的痛吧。

最讓我覺得難以應付的，就是媽媽打了我之後，一邊道歉一邊流淚的表情。

然而，我越是想要好好完成所有事情，每天就一定會有某件事出錯。

不管我再怎麼努力想讓媽媽開心，最後都會不知為何地出現完全相反的結果，實在是非常不可思議。

這麼說來，以前客廳的電視遙控器壞掉的時候，媽媽極度氣憤地大吼「這個不良品！」然後把遙控器扔進垃圾桶。

我在那個時候第一次學到，沒有遵守規定事項、派不上用場的東西就是「不良品」。

這麼一想，那個「不良品」和「我」，似乎非常相似。

媽媽每天都因為工作累得半死，而我卻日復一日地惹她生氣、只會做出讓她傷心的事情，這樣和那個「不良品」根本沒什麼兩樣，不是嗎？

既然如此，為什麼媽媽始終沒有把我丟掉呢？

只要和當初對待「不良品」的時候一樣，她明明可以把一無是處的我直接丟掉，然後換一個新的回來就好了呀？

我不懂。

為什麼我每天只會做出讓媽媽傷心的事情呢？
明明只會讓媽媽傷心，為什麼「我」還會被生下來呢？
追根究柢，媽媽到底是為了什麼才對我這種人……
一想到這些事情，胸口突然像是被緊緊揪住一般痛了起來。
早已不會為了疼痛而流的眼淚，明明沒有要求，卻從眼皮深處不斷地湧了上來。
糟了。不能哭出來。得想些別的事情才行！
如果在這裡被別人看到，可能又會被人指指點點了。
要是像以前一樣又給媽媽添麻煩，甚至導致沒辦法繼續和她在一起的話……
太糟糕了。我不可能撐得下去。沒有媽媽的世界，我連想都沒辦法想。

還有一小時。

距離媽媽醒來、出門上班的這一個小時，就靜靜地待在這個地方吧。

之後只要買個新杯子代替打破的茶杯，然後再回家老老實實地度過就好。

總而言之，只要遵守這些「規定事項」，今天就可以不再讓媽媽傷心了。

如此一來明天一定會……

……一定會怎樣？

腦中浮現出這個問題的瞬間，一聲小小的「嗚呃！」慘叫聲猛然把我拉回現實。

回過神後看過去，發現剛剛還在跟單槓糾纏不清的那個女孩，現在正呈現出大字形仰躺在地面上。

我驚訝地繼續凝視，但是她始終沒有站起來的打算，只是張開雙手，持續仰望著天空。

到底是做了什麼事情，才會搞出這種結果，讓她變成現在這種狀況的？

就連極度笨拙的我，也不會蠢到特地去深入思考這件事。

「喂，妳！」

我忍不住大喊出來，但是沒有回應，只有短促的回聲響徹整座公園。

聽到這股不祥的寧靜接連來訪，難以言喻的惡寒立刻竄過全身。

「果、果然……！」

我忍不住站起身，使出全力重重蹬了地面奔跑起來。

面對迅雷不及掩耳的「緊急狀況」，我這根本不值得信賴的腦袋，果然不出所料地開始驚慌失措起來。

過去曾在電視和廣播當中看過、聽過的「最糟糕的狀況」，像是狂風怒濤般填滿了我的腦袋。

要是那個時候，在電視映像管的另一頭，被藍色塑膠布包圍的悲慘事件，就是現在發生在自己眼前的「這個」的話？

此時此刻的每分每秒，到底有多麼重要啊？

女孩挑戰的單槓，其實高度並不高，但是問題在於她摔下來的方式。

這個世界上，也有人光從椅子上摔下來就受了重傷。

就算這只是遊樂設施，只要撞錯了地方，那麼不管發生什麼事情都不足為奇。

「話說回來，為什麼是我啊……」

再怎麼四處張望，視線範圍內都沒有看見大人的身影。

突然交到自己手上的重責大任，讓我彷彿連心臟都快破裂了。

但是現在沒有時間猶豫，也沒有時間害怕。

我再次蹬向地面，飛越過被其他壞孩子搞得一塌糊塗的沙坑之後，至今仍然倒在地上的女孩就在眼前。

拜託，希望至少傷勢不要太嚴重！

我一邊祈禱，一邊再次使出全身的力氣，踏出下一步的瞬間……

至今為止一直動也不動的女孩，突然猛地坐了起來。

中等長度的黑髮，以及像是互相搭配一般的漆黑瞳孔，眼裡帶著一絲淚水的女孩露出了呆滯的表情，凝視著這裡。

啊啊，太好了。看來似乎不是致命傷。而且看起來沒有流血，臉色也很正常。

這麼一看，才發現她有一張相當清秀的臉。將來一定會被好男人看上，然後共組幸福美滿的家庭吧。

哎呀，真的，沒有任何可能留下後遺症的傷勢，實在太好……

啪嘰！隨著一聲怪聲，一股電流立刻竄過右腳腳踝。

不必說，在我這段雙手就能數完的人生當中，當然不可能有真正觸電的經驗。但是現在，用這種方式形容也一點都不為過的痛楚，正一口氣突破我的腦門。

啊啊，這麼說來。

記得就在零點零幾秒之前，自己才用了全身的力氣蹬出一步嘛。

因為實在太擔心女孩的狀況和未來，結果自己的腳似乎用了相當不得了的角度，用力踏了下去。

原本正在高速移動的上半身，便以僵在地面上的腳為基點，狠狠朝著地面撞去。

這麼一來，自然不難想像下一秒鐘會發生什麼事情了。

啊啊，女孩啊，求妳至少不要看得太仔細啊。

「喔哇呀啊啊啊啊！」

我發出了簡直像是刻意選來使用般的丟臉慘叫，然後做出了彷彿練習過無數次的奇妙動作，用力撞上公園的地面。

如果這是綜藝節目當中所謂的單元企畫，相信一般家庭的客廳裡肯定爆笑不止吧。

不對，應該說，現在有人大笑，反而是件令人感激涕零的事。

別說笑聲，連一點聲音都沒有的公園正中央，我依然在地上縮成一團，徹底錯失了站起來的時機。

腳和身體都很痛，但是不必我說，這種事情當然一點都不重要。

真正的問題在於足以排開其他所有一切、伴隨著痛苦的、名為「羞恥心」的低俗情感。

試著想想看吧。一個朝著自己衝過來的人，突然在眼前發出詭異的慘叫，然後做出華麗的摔跤動作，自己心裡會怎麼想呢？

……不行，徹底出局了。太恐怖了。

啊啊，早知道就不要這麼輕率地做出多餘的事了。

怎麼辦？現在應該要迅速抬起頭來，然後使出全力逃跑嗎？

不行，行不通。剛剛啪嘰一聲扭到的腳踝，根本不可能做出良好的高速移動。

一定會變成拖著一隻腳、看起來十分詭異又慘痛的跑法吧。怎麼可以在女孩純潔無瑕的記憶裡繼續增加不必要的陰影呢！

果然現在只能保持原狀，等待時間過去吧？

完全不解釋，以一個「詭異又噁心的摔跤怪人」的身分，永遠留存在女孩的記憶裡，老實說挺痛苦的。但是現在只能看開一點。

啊啊，算了，就這樣吧。時間啊，快點過去吧。

「欸，你沒事吧？」

怎麼可能沒事啊。

全身上下都好痛，而且又超丟臉的，我可是……

「咦？」

抬頭一看，剛剛那名女孩就在眼前，手裡遞出一條手帕。

一雙大眼睛裡，已經看不見剛剛的眼淚，看她的表情，似乎並不打算把我通報給別人。

「沒、沒事沒事！我完全沒問題！只是不小心稍微絆到腳跌倒而已……啊、啊哈哈……」

我連忙坐起上半身，擠出一個應急的笑容。

沒有被她厭惡，算是謝天謝地，但是不管怎麼說，我在這名女孩面前狠狠跌了一跤的事實不會改變。

她伸來了一隻手，不過我的羞恥心可沒有軟弱到就這樣隨隨便便地接受她的幫助。

看著我驚慌失措地辯解的模樣，女孩臉上露出了明顯的疑問。

「可是可是，感覺好像不是稍微絆到腳而已耶？而且看起來好痛。」

女孩純粹的疑問，讓我的羞恥之焰彷彿澆上了一層可燃油一般，熊熊燃燒。

啊啊，沒錯。您說得沒錯，剛剛那個的確是可以排進我人生當中前三名的大摔跤。

「真、真的沒事啦！其實啊，我每天都會像這樣跌倒，早就已經習慣了！」

不，怎麼可能會有那種人啦。只要三天就會死吧。

聽到我笨拙地交織著關心與彌天大謊的回答，女孩懷疑的表情變得更深了。

「平常就這樣？嗯～～總覺得你好像在隱瞞什麼……」

女孩帶著一臉狐疑的表情，低頭緊盯著我的臉。

「啊、啊哈哈……」

慘了。就算繼續狡辯下去，也只是自掘墳墓。

話說回來，這個女生還真是緊迫盯人耶。

剛剛還躺在地面上的模樣是怎麼回事？現在不是活蹦亂跳的嗎？

看到她這麼有精神的模樣，就算撕裂嘴巴我也說不出「我是為了救妳才跌倒的」啊。

有種不祥的預感。

雖然還沒有演變成麻煩事，但如果繼續牽扯下去，沒人能保證事情不會變得更麻煩。

要是她四處宣傳「有個跌倒跌得很詭異，然後因此受傷的孩子」，那麼事情就嚴重了。

而且時間也是個問題。現在，就算或多或少被當成噁心的怪人，也希望能速戰速決。

這個做法可能會對我的精神層面帶來一些損傷，但為了盡快離開，我只能這麼做了。

「……呼。我知道了，我就告訴妳實話吧。」

當我一邊嘆氣一邊這麼說完，女孩臉上馬上露出了大吃一驚的表情。

「實、實話？」

「嗯。老實說……」

儘管差點因為些許的難為情而說不出口，但我還是露出了狂妄的笑容掩飾這一點，然後擠出下一句台詞：

「剛剛那個啊，其實是在練習必殺技。就是這樣一擊……把壞蛋全部打倒的招式。」

沉默。

而且還是極度煎熬的沉默。

公園裡就像是時間暫時停止一樣，所有聲音都消失了。淪落為稀世可疑人物的我，生命血條正在明顯下滑。

好了，快離開吧！在我的顏面變成一片焦土之前，快點尷尬離開吧！

然後盡快忘了今天這件事，快點回家吃飯、睡覺、談戀愛、度過幸福的人生吧！

可是，情況卻和我預測對方應該會盡快撤退的結果相反，女孩做出了出乎意料的反應。

「果、果然是這樣嗎！」

隨著這一句話，女孩臉上綻放出幾乎讓人睜不開眼的閃亮好奇心。

「……咦？」

「我、我我我就在想會不會是那樣！好、好厲害啊！原來如此，原來是那樣啊……！如果是在練習必殺技，的確不能隨便告訴別人，對吧？」

跟剛才相比，這個女孩起碼增加了五倍緊迫盯人的感覺，我不由自主地做出了「嗯、嗯？對吧？」這種不知道是肯定還是否定的含糊回答。

怎麼會隱藏著這樣的一面啊，這個女生。

原本想要直接三振出局然後逃跑的，現在豈不成了場外全壘打了嗎！

女孩似乎一點也不在意狼狽不堪的我，只見她咻的一聲朝我探出身子，往四周張望了一下，然後又開始說出莫名其妙的話。

「要、要保密喔，其實……我也是。」

「那個，抱歉，妳在說什麼？」

我也咻的一聲拉開她所接近的距離，然後反問。結果女孩再次看了看四周，將聲音壓得更低，繼續說道：

「就是必殺技啊，必殺技的練習。」

女孩臉上的表情認真無比。

但是白費了那個表情，不管再怎麼讓步，也沒辦法讓人認為她的發言內容是認真的。

「欸？練習？……妳說的難道是剛剛的單槓後翻嗎？」

想得到的東西就只有那個了。

但是我似乎又打出了一記再見安打。女孩大喊一聲「哈啊！」臉上露出震驚的表情，一邊說著「你、你果然知道！」一邊用力喘氣。

說什麼知道，不知道單槓後翻是什麼的人，反而比較稀奇吧。

再說，那個動作和「必殺技」又有什麼關係了？

不對，等等。難道這個女生……

「難、難道妳認為單槓後翻是某種必殺技嗎……？」

「嗯。是爸爸說的。他說『只要完成單槓後翻，大部分敵人都會起火燃燒死掉』。」

儘管她爸爸扯了些荒唐至極的話，女孩眼中依然沒有任何懷疑的成分。

「剛剛也是在差一點點的地方失敗了，不過我也有做好『易象訊戀』，所以下次一定不會有問題！」

「是嗎……」

啊啊，原來如此，原來是這麼回事。

剛剛那個模仿傷患的動作，就是女孩她個人的意象訓練嗎？原來如此原來如此。

「……那個，我可以回去了嗎？」

我臉上的表情，八成連笑容的「笑」字都消失無蹤，只剩下一片慘白貼在上面吧。

不，這也不能怪我。

和這個女孩對峙的這幾分鐘，到底消耗掉多少能量了啊？

我甚至覺得可能已經消耗掉好幾個月份的活動能量了。

「咦？你要回去了嗎？我還以為好不容易可以一起討論很多事情耶……」

饒了我吧。

雖然對女孩感到抱歉，但是我的身體已經沒有半點可以熱烈討論必殺技的體力了。

全身上下的疼痛、倦怠，此外更恐怖的是宛如無底洞一般的空虛，彷彿隨時都有可能在我背後實體化，變身成巨大怪獸，順手破壞幾條街道。

「嗯、嗯。而且時間也不早了。」

我選擇了不會產生問題的語氣，面帶笑容回答。

女孩像是還有話想說似地「唔～」了一聲，但是應該不會再阻止我離開了吧。

看向時鐘，時間已經過了五點三十分了。

距離我的回家時間還有一點早，不過我今天還有買杯子回家的使命。

考慮到買東西所需的時間，現在先離開這裡，才是比較好的做法吧。

我用沒有扭到的那隻腳站起身來，再把體重小心翼翼地放到另一隻腳上。

不出所料，雖然很痛，不過似乎還不到無法走路的程度。

要是現在無法使力又沒辦法站起來的話，不知道會被女孩說成什麼樣子？光是想像就讓人不寒而慄。

「那麼，再見啦，我回去了。」

正當我說完準備迅速離開的時候，女孩跟剛才一樣，發出了明顯不滿、想要死纏爛打的「唔唔～～！」呻吟聲。

仔細一看，那雙緊盯著我的大眼睛裡，開始出現了剛剛還不存在的液體。

糟了，必須在事情變得更麻煩之前，趕緊離開才行！

我一邊斬斷自己小小的罪惡感，一邊「哈哈……」地回以親切的笑容，然後拖著一隻腳，開始朝向公園出口移動。

「欸！」

走了幾步之後，女孩的聲音從背後傳了過來。

幹嘛？還有什麼事嗎？

回頭看向女孩，她原本苦悶的表情已經徹底消失，換上一副柔和的笑容說：

「明天再一起聊天吧？」

女孩的那個表情、那句話，讓我忍不住恍惚起來。

這麼說來，打從出生以來，我曾經像現在一樣做過「明天的約定」嗎？

至少在我想得起來的範圍當中，沒有類似回憶存在。

不不不，說什麼「想得起來的範圍」啊。我可是個小孩耶。

根本還沒活到會被回憶埋沒的程度。

「嗯，明天在這裡見吧。」

說完，我再次轉過身去，離開公園。

為什麼要刻意冷漠回答呢？我自己也不是很了解。

每當我在水泥地上跨出一步，扭到的腳踝就會劇痛一次。但是，這股不斷強調著今天發生過什麼事情的疼痛，現在卻讓我莫名覺得可愛。

真希望明天全身上下都不要受傷。我一邊彆扭地隱藏著真心話，一邊緩緩前進。

＊

不知不覺當中，周遭景物已經染上一層落日的色彩。

為了不讓手指麻痺，我一邊左右換手提著購物袋，一邊像是護著單腳似地前進，感覺自己技術似乎還挺高超的。

「說真的，能找到不錯的杯子實在太好了。」

在最近一個車站附近的商店街裡，找到適合的杯子之後，我一邊拖著依然疼痛的腳，一邊走在回家的路上。

腳上的疼痛在走路期間雖有點麻煩，但是只要到家好好坐著，大概就沒必要擔心了吧。

比起這個，現在更大的問題在於因為腳上的疼痛，害我徹底忘了右邊臉頰的狀況。

多虧如此，剛剛在挑選杯子途中，聽到店員問我「你的臉怎麼了？」的時候，我竟然說出「我有長得那麼醜嗎？」這種答非所問的回答。

全部都是那個女孩的錯。

明天見面的時候，一定要想辦法報復一下才行。

我想著這種壞心眼的事，默默前進。

步上已經走慣了的馬路，在轉彎慣了的十字路口轉彎，通過已經等待慣了的平交道，我所居住的公寓就在眼前。

和平常一樣，我穿過正門，登上鐵製的樓梯，朝著二樓最裡面的房門前進。

可能因為這棟公寓並不是非常乾淨美觀，自從上上個月鄰居搬家之後，二樓就幾乎全都是空房了。

媽媽總是說「這樣可以不必顧慮其他人，很輕鬆」，但是對於經常半夜一個人看家的我來說，真的有點可怕。

不必刻意隱瞞，我其實非常非常討厭幽靈或詛咒之類的東西。

媽媽好像非常喜歡這些東西，常看一些像是「夏季靈異現象特輯」這種光看名稱就讓人發毛的節目，只有那種的我真的希望她不要再看了。

特別是上次潛入廢棄醫院的那一集……啊啊，還是別想那個了。想些快樂的事情吧！快樂的事情……

「……好像沒碰過什麼快樂的事情啊。」

走過三個空房的玄關大門後，終於看見自家玄關了。

雖然不太確定正確時間，不過以太陽的高度來判斷，我應該成功在和平常一樣的時間回到家了。

……只不過，和平常一樣的地方，真的只有這一項而已。

「咦，門是開著的？」

我走近自家的玄關大門，發現它相當粗心大意地呈現半開狀態。

由於原本的安裝狀況就不是很好，要是沒有用力關上，便沒辦法關好。不過媽媽當然也知道這件事。

「是因為急著出門嗎？」

我並沒有特別在意，伸手抓住門把。

開門之後，直到抬起頭來為止，心裡都想著「明天離開家裡的時候一定要注意」這種無聊事的我，實在是個徹底沒救的超級大混帳。

我一抬頭，發現亮著濃稠橘色燈光的房間裡，有兩個大人在。

一個是我非常熟悉的、身上穿著亮麗工作服的，我的媽媽。

另一個人則是從沒見過，打扮有點骯髒，臉上戴著口罩的高大男子。

「咦……」

為什麼媽媽沒有出門工作呢？

這個男人，是平常極力避免讓人進入家裡的媽媽讓他進來的嗎？

如果真是這樣，為什麼媽媽會被一條髒毛巾堵住嘴巴，雙手也被綁了起來，流著眼淚倒在地上？

為什麼這個男人會用他的髒手，拿著媽媽一直小心保管的首飾？

答案並不難想像。

但是，就算注意到這些事，也已經遲到根本沒有任何機會挽救一切了。

男人一聲不響地接近過來，右手抓住了我的胸口，用驚人的力量把我丟進了房間。

「啊！」

我做不出任何防禦動作，背後硬生生地摔在地上，嘴裡重重吐出了一團空氣。

眼前瞬間眼冒金星，就像是好幾台照相機不斷閃著閃光燈一樣，不斷閃爍。

吸不到空氣。

這還是生平第一次碰上這麼痛苦的遭遇。

腦袋陷入恐慌，就連想站起而撐在地上的右手，也一直抖個不停，完全派不上用場。

橫躺在地上的媽媽，好像正在大叫什麼似地，發出了呻吟。

什麼？媽媽到底是在對著誰大叫？

到底是對著……

已經變得一片恍惚的腦袋，使盡全力轉動眼睛，雙眼焦點對上了那個正打算離開房間的

男人左手拿著的首飾。

對，肯定是那個沒錯。

那件首飾，是母親每天辛辛苦苦工作，才好不容易買到的東西。

而那個男人正打算把它拿走。

是啊，媽媽。當別人做出這種事情的時候，的確是會忍不住大叫啊。

在這一瞬間，我顫抖的右手確實感受到一股力氣。

右手猛地撐住地面，我的身體彈跳起來。

我重新站了起來，順勢朝著男人的背後飛撲過去。

「還、還給我……那個……不是你的東西吧……」

然而在最重要的部分，我卻虛弱無力到令人愕然的程度。

男人似乎嘖了一聲，隨後立刻使出剛剛展現過的腕力，單手甩開了我，然後再次把我踢進房間。

「嗚咕……！」

搖搖晃晃、完全站不直的我，就這樣面朝下地趴倒在地。

連正常呼吸都辦不到，眼前一片模糊，再也站不起來了。

我全身不停顫抖，一小段空檔之後，廚房方向傳來了喀鏘喀鏘的金屬碰撞聲。

雖然沒能親眼看見，但是憑著媽媽的喊叫聲，大致上也能猜得出來是怎麼一回事。

我想起了平常鮮少下廚的媽媽，以前曾經買了一套豪華的菜刀組回來。

那套菜刀終究還是沒有拿來用過，只是小心地收在廚房裡。想必那個男人應該是拿了其中的某一把吧。

簡單來說，對方想搶在我再次撲過去之前，先用那玩意兒把我刺死。

只要輕輕一刺，就能讓我永遠閉上嘴巴，這麼一來就不需要一而再、再而三地甩掉我了。相當輕而易舉。

對於臉頰貼著地板，整個人倒臥在地的我來說，要感受男人的腳步聲一步步逼近，簡直就像握手一樣容易。

想必只要再過幾分鐘，我就會死掉吧。關於這件事，我並沒有任何的激動或感傷。

只是話說回來，我也不能一直躺在這裡不動。

使盡了所有力氣，呼吸也是上氣不接下氣，但我還是好不容易站起來了。

今天一天明明已經遭遇到這麼多劇痛的體驗，但身體每個角落的疼痛訊號都消失了。

果不其然，矗立在面前的男人，右手握著一把嶄新的刀子。

就算我現在瘋狂揮動雙手，大概也不可能擊退這個男人吧。

別說揮動雙手，在我想像得到的範圍當中，不管做什麼，大概都不一定能在這個男人身上製造出一點小擦傷。

不過，現在並不需要這麼做。只要能讓這傢伙的動作稍微停下來就好。

我朝向倒在地上的媽媽看去，媽媽正不斷流淚，對著我喊叫了些什麼。

媽媽，對不起。我想我大概沒辦法搶回那件首飾了。

這麼沒用，又這麼笨，真的很對不起。

但是，為了能讓媽媽獨自逃走，我無論如何都會擋下這傢伙的。

至少……至少在最後一刻，希望媽媽能出現「生下這個孩子真是太好了」的想法，哪怕只有一次也好。

我再次面對這個男人，將兩條腿上的力氣一口氣釋放，朝著正前方男人的巨大軀體衝了過去……

……本來是這麼打算的。

才剛踏出第一步，男人的身體就已經被撞倒在牆壁上。

媽媽朝著男人用力撞過去，而那把已不再嶄新的刀子，如今正深深插在她的胸口上。

我無法了解這代表什麼意思。

只能呆滯地望著媽媽因痛苦而扭曲臉上，那雙看似想訴說些什麼的眼睛。

男人把刀子從媽媽身上拔出來的瞬間，隨著不斷噴出的鮮血，我腦中似乎有某種東西跟著爆炸了。

雖然已經聽不見聲音了，但我想我應該是喊叫了些什麼。

只不過，從我飛身撲過去、到被男人揍了肚子一拳、最後被他踩在腳下為止，應該沒有經過多少時間吧。

倒在地上的母親身邊，我像是與她並排一般橫躺在地，這時突然有種像是沉沒在冷水當中的神祕感覺朝我襲來。

嘴巴依然被堵住的媽媽一直流著眼淚，直到最後她都似乎想要告訴我一些事情，然而我終究沒能知道她想說什麼。

那裡是一條陌生的街道。

放眼望去，完全沒看見任何一項熟悉的景物。

抬頭望去，天空也不是自己熟悉的顏色，在一望無際的漆黑當中，只有一個巨大的衛星詭異地飄在空中。

對，這是「夜晚」。

我……不對，像我們這樣的「小孩」是不認識「夜晚」的。

那是隔絕在充滿光輝的白晝之外的，大人的世界。

絕對不可以擅自闖入的，只屬於大人的世界。

總是把媽媽吞沒、帶走的，黑暗的世界。

……我最討厭「夜晚」了。

向前踏出一步，我踩在水泥地上的腳步聲，立刻回響在灰暗的大廈牆壁上，製造出一片令人生厭的聲響。

不斷吹拂的夜風一點也不舒爽，比較像是不斷呢喃著什麼似的，蘊含著噁心的感覺。

每當帶有毒氣的霓虹燈在視線角落閃爍，就讓人覺得那彷彿是自己不該看的東西，忍不住轉過頭去。

好噁心，想吐的感覺不斷湧上。

儘管遭受了像是頭暈目眩的感覺侵襲，我仍然持續走在根本不知道通往何處的道路上。

「你這樣不行呀。怎麼可以到這裡來呢？」

耳邊好像突然有人這麼低聲說道。

「你還是個小孩吧？根本不懂『夜晚』是什麼。乖，快點回去吧。」

「……自以為了不起。你又知道什麼了？」

「我什麼都知道啊。因為我是大人嘛。」

那個彷彿纏繞在耳邊的黏糊嗓音，讓我逐漸開始生氣。

「不要把我當成小孩看待！」

我這麼一說，輕聲說話的嗓音發出了咻咻咻的奇妙聲響。

聽起來像是在笑，同時也像一條蛇在不斷吐著舌頭。

「你根本還不成氣候啊。一看就知道你是迷路進來的。聽好囉！簡單來說，你根本不知道最重要的事情是什麼啊。」

連同剛才開始增加的咻咻怪聲，那道嗓音簡直讓人懷疑是不是直接貼在耳朵上一般，在耳邊不斷喃喃低語。

「重要的事情？」

我這麼一反問，腳下的腳步明明沒停止，但喀喀喀的腳步聲卻突然停下了。

我驚訝地看向四周，發現原本閃爍搖曳的霓虹燈、大廈牆壁，甚至連飄在空中的月亮也全都消失無蹤。

這是怎麼回事！我放聲大叫，不過連我自己的聲音都已經聽不見了。

彷彿無窮無盡的漆黑深淵。連一絲光線都沒有的黑暗。就連我充滿畏懼的身影，也像是融入了黑暗當中。

「你應該看不見吧？看不見融合在這裡的『謊言』。」

輕聲呢喃的嗓音，感覺像是從我的身體內側發出來的一樣。

「大人啊，會把『謊言』混入黑暗當中。他們都是這樣保護自己的內心。」

我不懂這句話的意思。好難過，好痛苦。快放我出去。

「懂了嗎？小朋友，這就是『夜晚』。是你們所不知道的，大人的世界。」

……大人到底是什麼？

為什麼媽媽要在這種世界……

「你想知道嗎？想知道的話，就把你那顆純潔的心給忘了吧。」

忘掉我的心？

「沒錯。在這個永遠孤單、永遠黑暗的『夜晚』世界裡，根本不需要心這種東西。唯一需要的，只有『謊言』而已。」

一直維持清醒的意識，終於開始模糊起來了。

就像是我所擁有的一切，全都逐漸融入黑暗裡一般。

在我隨時可能斷絕的意識當中，唯獨最後聽到的這句話，深深留在我逐漸消失的心裡。

「欺騙一切吧，小朋友。」

夜話DECEIVE 2

夏天結束了。

不管是幾乎把人烤熟的高溫，還有蟬的叫聲，全都丟下我一個人，消失無蹤。

躺在有一半像是儲藏室的房間裡，我今天也同樣什麼都不做，就只是活著而已。

自從媽媽死掉之後，被人像顆皮球踢來踢去的我，最後抵達的地點就是這個房間。

這對收留我的夫妻，似乎是媽媽的遠親，但跟我好像沒有血緣關係，關連性相當低。

事情已經過去兩個月。

變成孤身一人的我，竟然連尋死的念頭都不曾有過。

如今我重新體認到，不管是活著的理由，還是死去的理由，我所有的一切都是因為有媽媽在才存在的。

就算現在死了，又有什麼意義呢？

反正不管做什麼，都沒辦法讓我再次見到媽媽，做了也毫無意義。

然而，我是媽媽的兒子，這一點是始終不變的。

留在這個世上的我，要是做出了讓別人困擾的事……特別像是擅自死掉這種會引起麻煩的事，那就太對不起媽媽了。

我實在無法忍受這種事情發生。

只能繼續平凡地度過毫無意義的日子。

現在，我覺得那是再聰明不過的選擇。

我仰躺在地，腦袋放空地望著天花板。敞開的窗戶外吹進來的風，將冷空氣推進房裡。

再怎麼樣，我也沒辦法一直這樣下去吧。

必須變得更強，必須開始工作，必須養活自己。

更重要的是，必須快點成為大人……

腦中閃過「大人」這個詞的瞬間，心臟深處似乎有某樣東西蠢蠢欲動。

我嚇得坐起身來，但是既不覺得呼吸困難，胸口也完全不痛。

「怎麼回事……」

是不是不該隨便打開窗戶呢？

如果這是感冒或是其他疾病的症狀，那就相當麻煩了。

我覺得擁有這棟房子的夫婦其實並不喜歡我。

要是一不小心發燒還是什麼的，最後他們一定會擺出一張臭臉。

為了以防萬一，似乎應該要事先吃個感冒藥之類的，該怎麼辦呢？

這麼說來，以前他們草草介紹家中環境的時候，好像有說過放置感冒藥的位置。

雖然不太確定位置，不過既然有特地告訴我，應該就表示拿來服用也沒關係吧？

「嗯……還是去問問看好了。」

取得許可的同時順便問出位置，可說是一石二鳥。還是趁症狀變更嚴重前快點解決吧。

我站起身，走出房間。

這棟連內部走廊都蓋得十分端正、散發著威嚴的房子，豪華程度根本不是以前那棟破公寓所能相比。

不對，話雖如此，可能就連這棟房子也並沒有超出一般家庭的標準吧。

所謂「豪華」這樣的感想，可能是出於我的成長環境的偏見。當別人說出「這很普通呀」的時候，我也做不出任何回應。

但是，話又說回來了。

即使現在沒有說出口、將來也不打算說出來，不過隨處可見的裝飾以及掛在玄關門前的繪畫，雖然不到非常誇張，但實在也不像是什麼高尚的品味。

走在走廊上，突然正面迎上了某個不知道是在雕塑什麼生物的詭異雕像。

這應該是來自某個海外國家的土產之類的東西吧。

雖然製作者真的沒有任何過錯，但是對一個每天都要打掃這個東西的人來說，應該多少會想稍微抱怨：「難道不能雕得更簡單一點嗎？」

我經過雕像，打開通往廚房的門，進入廚房。

現在也已接近晚餐時間，如果阿姨在廚房的話，那麼事情就好辦許多，但自己的預測似乎落空了。

廚房裡不見阿姨的身影，從那堆自動洗碗機裡拿出來的餐具小山來看，可以看出晚餐似乎還沒有開始準備。

「不在……嗎？嗯～～該怎麼辦呢？」

再怎麼說，我都還不至於沒神經到直接跑去阿姨房間詢問感冒藥的位置。

可是在這裡等待阿姨過來，感覺又有點不太舒服。

不過，幸運的是，來到廚房之後，當初聽到藥物擺放地點的記憶突然變得鮮明起來。

記得應該是在餐具櫃的抽屜裡吧。

顧慮得太多，也會讓人有點不快，如果打開抽屜發現沒錯的話，就拿一顆藥然後快點回去房間吧。

我朝著矗立在廚房深處、同樣巨大豪華的餐具櫃走去。

明明只要默默前進就好，可是我不知為何，無意間轉頭看向堆積如山的餐具。

當我漫不經心地看著如山一般高的餐具堆時，發現一條鋪在繽紛餐具旁的毛巾，上面放著一把刀。

那把刀子，和那一天男人用來刺死媽媽的刀子，是同樣的款式。

背脊竄過一股討厭的冷顫，心臟微微加速了一下。

這當然不是實際奪走媽媽生命的那把刀。證據在於這把刀子看起來已經使用了很久，相當老舊。

我的手緩緩朝著刀子伸去。

試著舉起刀子時，發現刀子具有相當重量。

和這家裡多不勝數的其他日常用品相比，這個也毫不遜色。一定是非常昂貴的東西吧。

「……不行啊，媽媽。明明買了這麼好的東西，怎麼可以連一次都沒用過就死掉呢。」

當初把菜刀組買回家的那一天，媽媽難得地多話了起來。

雖然隔天媽媽似乎就把刀子忘得一乾二淨，但是我還記得她一邊說「這麼一來就可以做出好吃的東西了」，眼神一邊閃閃發亮的樣子。

回想起這件事，一股寂寞的心情立刻襲來。

媽媽的臉、聲音和氣味，清楚浮現在腦海當中。

媽媽……

「呀啊啊啊啊啊啊啊！」

突如其來的尖叫聲，害我嚇了一大跳。

我慌張地轉頭看向門的方向，那裡出現了阿姨的身影，想必是來準備晚餐的。

她的表情簡直像是見到怪物一般緊繃僵硬，整張臉寫滿恐懼。

糟了。

我拿著刀子站在這裡，結果嚇到她了嗎？

「啊，對不起！我只是稍微看看而已！」

我連忙把刀子放回毛巾上，舉起空蕩蕩的雙手，朝著阿姨揮了揮。

當然，我完全沒有任何攻擊她的意圖，所以這麼做應該是最好的。

這麼一來，應該可以讓她多少放心一點吧。要是不小心刺激到她，讓她跑去通報他人的話，事情就麻煩了。

可是——

阿姨非但沒有鬆一口氣，臉色反而變得越來越蒼白，開始全身發抖。

不管怎麼看都不是正常狀況。她到底在害怕什麼？還怕到這種程度？

就在我打算盡可能地溫和詢問，準備開口的那一瞬間，阿姨以近乎悲鳴的聲音，連珠炮似地說道：

「為、為什麼妳會……難、難道有什麼怨恨嗎？」

怨恨……就算阿姨這麼說，我當然是沒有那種東西啊。

應該說我非常感謝她願意讓我住在這裡呢。

「不是，那個，總之先冷靜一下……」

雖然聽不懂阿姨的話，但現在的首要之務是解開誤會。我朝著阿姨走近了幾步。

我的兩手手掌依然是空蕩蕩地搖晃著，再怎麼看，都不像是充滿敵意的樣子才對……

「噫噫噫噫！不、不要過來！」

努力全部白費。阿姨這麼尖聲大叫之後，立刻朝著走廊方向衝了出去。

「啊！請、請等一下啊！」

幾乎就在我發出制止聲的同一時間，阿姨打開了玄關大門，不知道跑到哪裡去了。

砰！只有一聲重重的甩門聲，空虛地迴盪在豪華宅邸內部。

慘了。慘了慘了慘了。

這下子真的變成天大的麻煩事了。

我明明完全沒有半點那種打算，但她肯定是出現了難以想像的誤會。

「怎、怎麼辦啦！啊啊啊……」

我試著抱住頭走來走去，但是很遺憾的，並沒有出現時間倒流之類的狀況。

啊啊，我怎麼又做出了這麼多餘的事情！

要是剛剛乖乖待在房間裡就好了。

要是沒有去想預防感冒這種蠢事，事情就不會變成這個樣子了啊……

我有點惱羞成怒地瞪了刀子一眼。

這玩意兒應該也有錯吧！

這玩意兒到底想讓我經歷多少慘事才肯罷休啊！

充滿高級感的刀刃，彷彿刻意挑釁一般閃過一道光芒，我不知為何突然覺得火大起來。

雖然並不打算拿它來做什麼，但我還是忍不住握住了刀柄。

就這樣把它丟到某個地方去吧。不對，賣了它可能更好。

就在我短暫沉溺於種種不可能實現的低俗妄想時，鏡面一般的刀刃倒映出我的臉，讓我嚇出一身冷汗。

「……啊？」

那副光景實在太難以置信，我不由得鬆開了手，刀子就這麼喀啷一聲掉在地板上。

我伸手胡亂摸著自己的臉，但是觸感並沒有任何異樣。果然，如果沒有再看一次，就沒有辦法真正確認。

我慌張地衝出廚房，從品味堪慮的雕像旁邊經過，跑到盥洗室那兒。

瞬間，映照在洗臉台附設的鏡子裡的身影，讓我再次大吃一驚。

「為、為什麼？」

鏡子映照出來的身影，並不是我熟悉的自己，也不是其他人，而是媽媽。

如果這是和真正的媽媽再次相見，我一定會二話不說直接抱緊她吧。

可是，這種事情是不可能發生的。媽媽已經死了。

面對眼前的神祕現象，我的大腦竟然出乎意料地冷靜運作著。

貼近鏡面，試著捏了捏自己的臉頰。

毫無疑問，鏡子裡的臉是媽媽的。但是指尖傳來的感覺，似乎又不是那麼一回事。

我繼續死盯著鏡子。

嘴巴試著一開一合，配合這個動作，鏡子裡面的媽媽的嘴巴也做出了同樣的動作。

沒錯，這個人是我。

到底是怎麼會變成現在這個狀況，我完全想像不到原因，但總之我就是不明就裡地變成了媽媽的模樣。

理解這一點的同時，腦中某個角落發出了齒輪咬合的喀嚓聲。

剛剛一邊發出詭異慘叫一邊逃出去的阿姨，就是看到這個模樣了嗎？

如果真是這樣，就能理解她那個反應了。

原本準備做晚餐而進入廚房，卻看見已經死掉的親戚拿著菜刀站定不動。

真的不能怪她被嚇到奪門而出。哎，只不過換成我的話會抱過去就是了。

總而言之，接下來要怎麼做呢？

就這樣對著鏡子說出「我好想見妳」之類的，實在太空虛了，而且還相當詭異。

與其做這些事情，現在最重要的應該是盡快恢復原狀。

照阿姨剛剛那樣來看，恐怕是衝去找警察之類的吧。我不能一直維持這模樣站著發呆。

只不過，就算她大吼大叫說「我死去的親戚站在廚房裡」，真的會有警察馬上趕來嗎？

不，那是不可能的。警察頂多敷衍幾句打發她吧。

也就是說，應該還有一點時間吧。

我再次緊盯著映照在鏡子當中的媽媽的臉，上面當然不會有恢復原狀的按鈕，而且我也完全找不到任何和解決方法有關的線索。

說起來，我到底是什麼時候變成這個樣子的？

剛拿起刀子時，那一瞬間映照在刀身上的臉，毫無疑問是屬於我自己的臉。

隨後阿姨就走進廚房並發出慘叫，所以我應該是那短短的一瞬間變成了這副模樣。

在那一瞬之間，促使我變成這樣的理由……

想到這裡，也不能說自己完全沒有任何頭緒。

「難、難不成是……」

我閉起眼睛，總之先從那個頭緒開始嘗試看看。

那個時候，那一瞬間，我所做的事。

那就是「回想起」媽媽的身影、聲音和氣味。

那麼只要再次「回想起」特定的「對象」，說不定就能恢復原狀。

可是——

如果這個世界真的好混到用這種連白痴都想得到的方法，就能輕易改變身形的話，相信各地應該會發生更多大混亂吧。

因此，我其實對這個方案沒有抱持太大期待。

不管怎麼樣，先集中精神吧。

回想起身影、聲音、氣息……

……大概過了三十秒吧。

雖然不知道現在是不是時候，總之我還是睜開了眼睛。

「好……咦？真的假的？」

剛剛還站在鏡子前面的媽媽的身影，已經消失得乾乾淨淨。

取代媽媽出現的人，是兩個月前左右，在公園裡偶然遇見的女孩。

不管是身高、皮膚顏色，以及令人印象深刻的眼睛，女孩所有能夠回想起來的特徵，絲毫不差地出現在眼前。

「這、這是怎麼回事，太厲害了……！」

打從出生以來，自己曾對任何一項事物，出現過這種程度的「好有趣」的感覺嗎？

不，我敢肯定絕對沒有。

發生在眼前的就是如此驚人的現象，既奇特又罕見，著實不斷煽動著自己的好奇心。

儘管心裡知道這種事情真的毫無意義，可是「下次要變成什麼好呢？」的想法卻怎麼樣也壓抑不下來。

簡直就像是我短暫人生當中所累積的「惡作劇之心」全部一起爆發出來似的。

倒映在鏡子裡的女孩，眼睛正閃閃發光，就和之前討論「必殺技」的時候一模一樣。是嗎？原來妳當時的心情就是這種感覺啊。

既然如此，就能理解當時妳為什麼會那麼緊迫盯人了。

對了，這麼說來那一天雖然做了約定，不過最後還是沒能見到她。

要是還有機會在其他地方見面，就用這個能力嚇她一跳吧。

我維持著女孩的身形，在洗臉台前蹦蹦跳跳。這時，屋子裡突然喀嚓一聲，出現一個清脆的聲響。

我的身體瞬間僵硬，冷汗立刻冒了出來。

仔細一聽，便聽見阿姨說著：「就在這裡面！裡面有個可疑的人……」

原來如此，真是高招啊。

不說「有鬼」而是「有可疑人士」，總之就先把人叫來了吧。

總而言之，現在不是玩耍的時候了。

不對，其實打從一開始就不是玩耍的時候，只是現在的狀況變得更加嚴峻了而已。

幸好對方似乎還在警戒，應該不會毫不猶豫地直接闖進來。

趁這個機會恢復成原本的樣子吧。雖然家中沒有怪人的話，可能會害阿姨遭人白眼，但是現在實在無可奈何。

將來再用其他形式進行贖罪就好。

我閉上眼睛，眼前頓時一片漆黑。

盡可能地集中精神，「回想起」自己原本的模樣、氣味和聲音……

回想起來……！

「……完全想不起來啊！」

我全身上下都冒出冷汗。

慘了。最重要的「自己」竟然一點也想不起來。

我到目前為止的人生當中，到底是對自己多麼沒有興趣啊？

仔細想想，我沒有拍過任何照片，也沒有照鏡子的習慣。

更進一步來說，我也不會特地去注意自己的聲音，更別說是氣味了。

我懷抱著一絲期待，睜開眼睛，結果期待頓時落空，倒映在鏡子裡面的，是臉色蒼白的女孩身影。

嘰嘰、嘰嘰，察覺到不斷逼近走廊的複數氣息，女孩的表情變得更加僵硬。

要是在這個模樣之下，被警察逮捕的話？

對女孩來說，絕對不會有比這更讓她困擾的事了。

至少先變成別人也好！心裡雖然這麼想，但是憑自己這顆快要短路的腦袋，根本不可能集中精神。

「總、總之先躲起來……！」

盥洗室的後面就是浴室。

雖然只能躲一陣子，但比起直接被捕好一點吧。

既然決定了，就付諸實行吧。

我朝著浴室方向用力踏出腳步。

然而這一步踩中了腳踏墊的邊緣，我狠狠地滑倒。

「好痛！」

腰部附近傳來一陣劇痛。

可能是對我的聲音有所反應，立刻逼近過來的複數氣息，以驚人之勢衝進盥洗室裡。

不出所料，衝進來的人是好幾個警察。看到他們一直盯著多半仍維持著女孩外型的我看，我的心裡就一陣發涼。

我到底要怎麼對女孩表達歉意才好呢？

若只是這樣也就算了，要是這個能力被人發現，我肯定會被當成引發這次騷動的犯人。

這麼一來，一定會造成難以想像的超級大麻煩。

真是後悔也後悔不完。我真是太輕率了。

當我正為了自己的愚蠢感到絕望的時候，警官們開始左右張望，警戒四周，而其中一人對我伸出了手。

「小朋友，你還好嗎？這裡到底發生了什麼事？」

「啊，沒事，什麼都沒有。我只是不小心跌倒……」

我只說出了距離現在最近的事實。

「是嗎？呃……除了你以外的人呢？」

身體雖然狠狠震了一下，但我還是老實回答：「沒有其他人……」

這麼回答時，我看到一直戰戰兢兢地躲在警官背後的阿姨探出頭來。

結束了。一切都完了。

下一秒，阿姨一定會因為這個從沒見過的女孩而大吃一驚吧。

這麼一來，之後就會如火如荼地發展下去。

被帶到某個地方，然後被偵訊……再後來的事情，我連想都不敢想。

但是現實卻和我的預想相反，阿姨說了一句完全出乎意料的話：

「你在做什麼，修哉？」

「咦？」

別人叫了自己的名字，原本根本不是什麼奇怪的事情，但在現在這個狀況下，這句話確實擁有重大的意義。

我連忙站起身，朝洗臉台的鏡子看去，立刻看見恢復原狀的我，正淚眼汪汪地站著。

「修、修哉？你到底在做什麼？」

我沒有回答阿姨的問題，認真思考著為什麼突然恢復成原本的模樣。

「……是疼痛。」

最後想出來的結論實在非常諷刺。
跌倒時竄過腰部的劇痛。

我從中感受到的，是無庸置疑的「懷念」。

原本以為自己只是習慣了疼痛，結果那根本是大錯特錯。
「疼痛」才是我為了實際感受我身為「我」所須，也是唯一的「自我認知」。
竟然只能透過疼痛來感受自己的存在，我的腦袋到底是對自己多麼沒興趣啊？
就在現場所有人都以擔心的眼神看著自己的時候，我因為這個實在無聊至極的原因，忍不住笑了出來。

……偽裝自己，欺騙他人的能力。
碰上這個讓人不舒服的能力，當時的我可是大力歡迎到讓人傻眼的地步。

夜話 DECEIVE 3

車內充滿沉悶的氣氛。

託暖氣的福，車內維持著舒適的溫度，可是卻沒有任何緩和氣氛的對話，感覺實在令人如坐針氈。

車裡唯一有活力的東西，大概只有排列在路旁的電線桿影子所製造出來的、充滿規律性的一明一暗吧。

我一邊小心不讓握著方向盤的阿姨發現，一邊輕輕嘆了一口氣。

其實我不太喜歡任何要乘坐的東西。不對，應該是討厭，超討厭。

如果只是蹺蹺板之類的東西也就算了，若換成汽車、電車之類的，就完全沒轍。

原因可能在於自己乘坐這些交通工具的經驗太少，不過我那個叫做半規管的東西，應該原本就很虛弱吧。

這麼說來，以前媽媽曾經一時興起，帶我坐了某個叫做雲霄飛車的詭異玩意兒，那次經驗真的糟糕透頂。

又快，又搖晃，又轉個不停，而且最後坐上去根本沒有意義，總之非常驚人。

乘坐途中有某種不太妙的東西湧到喉嚨的時候，我心想「與其在這裡丟臉，還不如……」甚至做好了自殺的覺悟。

值得慶幸的是，事情並沒有發展到最糟糕的地步，不過我再也沒出現過再坐一次那不得了的玩意兒的念頭。

總之就是這樣，離家之後已經過了四十分鐘。

車子一路朝著我將來的新家，也就是特別養護設施前進。

至於為什麼會出現這種狀況，可以想出很多理由，不過最重要的原因，應該就是前陣子那件事吧。

打從我第一次使用能力的那一天起，阿姨就開始明顯躲著我。

當然，我並沒有告訴她自己擁有奇怪的力量，而且事情也沒有敗露。

原本應該是這樣的，但是阿姨似乎將事情朝著麻煩的方向誤解，從隔天起，那個豪華的家中就開始有自稱靈媒師或驅魔師之類的怪人進進出出。

那群人真的可疑到極點，但阿姨好像非常中意他們，等到她開始相信那群人說的怪力亂神的話之時，就是我不幸的開始。

不出所料，所有壞事都變成是我的錯。至於之後發生什麼事，哎，就請自行想像吧。

原本就打算一旦造成對方困擾就馬上離開，而且我對那個家也沒有任何留戀。

真要說的話，或許該說是自責之念吧。

先前那件事所造成的困擾，實在不是現在的我能夠彌補的。

雖然想過總有一天一定要以某種形式來補償，但是光憑現在的我，連要用什麼方法都想不出來。

就在我再次嘆氣的時候，一路顛簸的汽車正好停了下來。

我四處看來看去時，阿姨便走出車外，對我說：「到了喔。來，下車吧。」

矗立在擋風玻璃另一頭，有著淺茶色外觀的宅邸，大概就是阿姨所說的「設施」吧。

根據阿姨所說，這裡似乎是聚集了像我這種無依無靠的小孩子一起生活的設施。

說明時，阿姨一邊露出了尷尬的笑容，一邊舉出「和年齡相近的小孩一起生活，一定會比較有趣」之類的賣點。

但是，世界上再也沒有比年齡相近的小孩更麻煩的生物了。

對於我這個打從出生以來就沒有交過任何一個年齡相近的朋友的人來說，眼前這座宅邸，真的跟動物園沒什麼兩樣。

我一下車，阿姨就喀嚓一聲鎖住車門，看了看手錶。

「我去裡面和這裡的職員說幾句話，你乖乖在這裡等喔。」

「咦？啊，好。」

阿姨就這樣走進正門，消失在設施腹地裡，留下我一個人站在原地。

在車內徹底溫暖起來的身體，如今暴露在北風之下。

心裡明明沒有這個意思，但是氣氛似乎變得有些感傷。

但是這類輕飄飄的心情也只出現了一瞬間。不斷吹來的冷風，讓我的身體以驚人之勢迅速感到寒冷。

「好、好冷！話說到底還要等多久啊……」

在狂風吹襲下，原本體格就不是很好的我，開始發起抖來。

如果只過幾分鐘就回來的話，倒還謝天謝地，可是如果需要十分鐘或二十分鐘的話，狀況就完全不一樣了。

應該說，阿姨啊，既然妳打算自己過去的話，為什麼要叫我下車呢？這肯定沒有經過任何考慮吧。

就算想要回到車內，阿姨早已親切地鎖上了車門，無法如願。

但是話說回來，要我一直呆愣地就這麼站在正門前，可能會被凍死吧。

我在原地稍微跺了跺腳，可是身體沒有出現半點暖意，只有時間不斷流逝。

「……不行，沒辦法沒辦法沒辦法，實在太冷了！再這樣下去會死人的！」

我一邊自言自語地說出喪氣話，一邊朝著四周望了一圈，不過這附近當然不可能湊巧出現暖氣設備。

早知道就不要偷懶，多穿幾件衣服就好了。

我不會要求外套這種奢侈的東西，至少一雙手套就好……

心裡才這麼一想，眼前立刻親切地遞來一條圍巾。

啊啊，現在這個時候，就算是圍巾也好啊！

啊……我露出幸福的表情接過圍巾之後，才總算發現了不對勁的地方。

只有一瞬之間……在我眨眼之前還不存在的人類，以一副理所當然的模樣出現在眼前，遞了一條圍巾給我。

「嗚哇啊啊！」我發出刺耳的慘叫，忍不住退後好幾步。

將身體拉開一大段距離之後，才發現遞出圍巾的人，是個年紀和我差不多的女孩。

女孩頭上戴了一個巨大的紫色耳罩，身上穿著感覺很暖和的外套，整體裝扮看起來似乎相當高檔，但是她的短髮卻毛毛躁躁，到處翹來翹去。

乍看之下還以為是個男孩，但是她穿著裙子，所以應該是個女孩沒錯。

短髮女孩一看到我向後退開，身體明顯震了一下，隨後立刻滿懷怨氣地瞪著我。

「我明明對你這麼親切。」

「咦……」

當我還在驚慌失措的時候，短髮女孩看起來似乎非常不滿，大聲喊道：「我本來覺得要是你死在我旁邊會很不舒服，所以才打算借你的！」

「哇！啊，真、真是謝謝妳。哈哈，那就借用一下吧……」

我邊說邊朝著圍巾伸手，結果短髮女孩像是在說「一開始就這麼做不就好了」一般，重重哼了一聲。

剛剛覺得這個女生突然從空無一物的地方出現，會不會是自己的錯覺？

這一點實在讓人有點在意，不過在這種狀況下，默默接受對方的好意，才是最明哲保身的做法。

我所接下的圍巾和女孩身上穿著的衣物相同，都是以給小孩子的東西來說似乎有些過於高級的物品。

仔細一看，圍巾上果然也繡著知名品牌的商標。

剛好媽媽也有同一個牌子的手錶。

我想起那隻錶好像是貴得嚇人的東西，媽媽也很少戴在手上，一直都收在櫃子深處。

「呃～～這個我應該沒辦法借吧。」

我面帶苦笑地說完，短髮女孩立刻露骨地浮現出不滿的表情。

「別人好心要……」

「不是啦，我當然很感謝喔！只不過這應該是非常貴的東西吧？妳這樣不行啦，怎麼可以隨便借人呢。」

我這麼一說，短髮女孩露出了驚訝的表情。

「這個……很貴嗎？」

「咦，妳不知道嗎？嗯～……總、總而言之！我沒事的！」

當我把圍巾迅速退回去時，女孩臉上的表情相當苦悶，心不甘情不願地接下了。

然後她盯著圍巾好一陣子，還以為是在沉思什麼的時候，她這次又把圍巾直接圍在我的脖子上。

「為什麼？」

「還是借你吧。我從剛剛就一直看到現在，果然還是太冷了。」

這女生意外地頑固啊。

雖然不太願意，但是她都把圍巾圍在我脖子上了，實在無可奈何。

我的身體從脖子開始漸漸暖了起來，再也沒辦法把圍巾拿下來還給她了。

「啊～嗯，謝謝……不過這條圍巾還真不錯啊。」

真不愧是知名品牌，暖和得驚人。

雖然不太清楚物品的價值，但是這個確實有砸大錢買下來的價值存在。

然而沉浸在幸福當中的時間也只有一瞬間。想到短髮女孩說出「剛剛一直看到現在」這句話，又讓我回過神來，瞪大了原本瞇起的眼睛。

「這麼說來，妳說妳從剛剛一直看到現在，是在哪裡看的？」

「啊？在哪裡，就在旁邊啊……」

短髮女孩說到這，突然像注意到什麼似地露出痛苦的表情，發出「唔……」的呻吟聲。

「啊，我、我問了什麼不該問的事嗎？」

是不是觸動到什麼不太好的心事？我戰戰兢兢地發問，而短髮女孩只是冷漠地回應道：

「也不算什麼不該問的。」

「最近常有人這麼說。說『妳是什麼時候待在那裡的』。」

短髮女孩說完後，臉上露出了陰沉的表情。

原來如此，她看起來似乎不多話，應該是個不起眼的女生吧。

「哎呀，因為妳剛剛看起來像是憑空出現，所以嚇了我一跳呢。一時之間我還以為是幽靈呢。」

我毫無惡意地開了一個玩笑，在她面前「啊哈哈」地笑了起來。

但是相對的，短髮女孩的臉變得越來越紅，才剛聽到她輕輕發出「嗚咕……」的呻吟聲，眼淚馬上跟著掉下來了。

當然，這是我生平第一次把女孩子弄哭。

「啊啊啊啊啊！對不起！騙妳的！是騙妳的啦！我完～全沒有這樣想喔！」

儘管我驚慌失措地試圖彌補，但是已經太遲了。

短髮女孩抽抽噎噎地啜泣，同時還在每次啜泣的空檔輕聲說出「才不是騙人的」、「不原諒你」、「絕不」等充滿攻擊性的抱怨。

慘了，我又做出蠢事了。

腦中回想起媽媽曾經說過「女孩子是非常纖細的」。

怎麼會這樣？難道這就是所謂的纖細嗎？

「那個、那個……」

而且還偏偏是在今天開始就會變成我的「家」的大門前，我到底在做什麼啊？

現在要是被別人看到，我在住進去之前就會被當成問題兒童看待了。

應該沒有其他人在吧？我迅速張望了一下四周。
右邊、左邊，然後再次往右邊看去的時候，驚人的事情發生了。
剛剛還在眼前啜泣的短髮女孩，竟然突然消失無蹤。

「咦？什麼時候……？」
這比剛剛女孩突然出現的衝擊程度還要高上許多。
如果女孩是對我感到不耐煩，所以跑到別的地方去，那麼她的背影應該還在我伸手可及的範圍內才對。
另外，只要她腳上穿的不是海綿製的鞋子，我也應該會聽見一些腳步聲才對。
然而不論我怎麼左顧右盼，都無法確認這兩者當中的任何一個。
太異常了。女孩用了不管怎麼想都只能以「消失」二字來形容的速度，將她的身形隱藏了起來。
「騙、騙人的吧……？」
我完全無法相信眼前所發生的現象，用手背揉了揉眼睛。

「……騙人的到底是誰啊！」

那道聲音讓我再次嚇破了膽。

當我正在揉眼睛的那一瞬間，那個短髮女孩竟然再次出現在她剛剛站立的地點上。

若是平常，我應該已經大叫出聲了吧。之所以沒有這麼做，是因為腦袋還跟不上現在急遽發展的狀況。

不過我現在沒有大叫出聲，反而是件好事。

在這個依然哭個不停的短髮女孩面前，若我再一次發出慘叫，她恐怕一定會朝著我的臉頰狠狠甩上一巴掌，讓我暈過去吧。

我心裡才剛開始這麼想，眼前就看見了更加不得了的東西，忍不住緊緊咬住牙關。

短髮女孩的雙腳，也就是裙子下方剛好可以看見的膝蓋以下部位，正逐漸變得越來越透明，然後消失。

我再也忍不住，發出了一聲「噫……」。

原本只是開開玩笑的「幽靈」二字，意外浮現在腦海當中。

……等等。

這個女孩，該不會真的是另一個世界的存在吧？

因為我前一陣子差點死掉，她誤以為我是同伴之類的，所以才過來打招呼？

然而我卻輕率地說出「我還以為是幽靈」這種話，所以讓她生氣了……

「你一定以為我是幽靈吧！」

一聽到短髮女孩這句話，這次換成我差點哭出來。

背脊陣陣發涼，但我還是努力表現出落落大方的樣子。

「啊、啊哈、啊哈哈哈！討、討厭啦！我是真的、真的沒有這麼想啊！我們是朋友吧？」

不出所料，我的嘴巴根本不聽使喚到無可救藥的程度。

雙腳抖個不停。她說不定已經發現我在害怕了。

「朋友……？」

短髮女孩還是一樣，一邊吸著鼻子一邊如此反問我。

「對、對呀！畢竟怎麼說呢……我們兩個很像嘛？呃、呃～～……那個……」

我腳下還有兩條完整的腿啊，到底哪裡像了？對方可是漂浮在半空中呢！我是笨蛋嗎！

果不其然，短髮女孩露出了懷疑至極的眼神，目不轉睛地盯著我看。

不行，我會被殺掉。一定會被詛咒還是作祟那一類的東西殺掉。

啊啊，早知道事情會變成這樣，當初就應該先和那個自稱靈媒師的可疑人物要個一兩張符咒了。

老實說，比起死掉，更恐怖的是不知道她會對自己做出什麼事。

因為實在太恐怖，差一點就要哭出來的時候，我突然想到一個好主意。

「對、對了！讓妳看看我的絕招吧！然後啊，就是那個！我們就來當朋友吧！好嗎！」

我的淚水在眼裡打轉，如此卑微哀求，而短髮女孩則是有點卻步，說出了「咦？不，你在講什麼？」這毫不留情的回答。

要是現在退縮就輸了！於是我口不擇言地說出「總之妳先看看吧？好嗎？一定不會讓妳後悔的！」這種莫名其妙的話。

短髮女孩臉上的表情完全只剩下不信賴感，不過我還是自顧自地準備依靠「那個能力」，閉上眼睛試著集中精神。

自從那天第一次發現這個能力，我就一直小心翼翼地不讓阿姨他們發現，使用了這個能力好幾次。

只要「回想起」想要變成的姿態、氣味和聲音，我就可以變成那個模樣。

基於好奇心，我試著變身成各式各樣的樣貌之後，知道了幾件事情。首先，我沒辦法變身成無機物。

曾有一次，我打算「變成飛機飛上空中」，但那時鏡子裡倒映出來的，是我嘟著嘴巴、張開雙手的怪模怪樣身影。

說到底，我根本沒坐過也沒親眼看過飛機這種東西，真的變得成反而比較讓人驚訝。

而且就算變身成功好了，竟然打算在家裡變身成飛機？我到底是在想什麼啊。

要是把房子弄壞了，到底打算怎麼賠償啊？連我自己都受不了自己。

在那之後，累積了更多實驗結果後發現，我只能變身成「實際見過，而且能夠清楚回想出來的有機物」。

更進一步，雖說是變身，但我沒辦法做到讓骨骼出現巨大變化之類的事。

讓自己出現在包含自己眼中的「人的眼中」的身影，變成「心中所想的形象」，大概就是我所擁有的能力。

但是話又說回來，自己一個人進行實驗畢竟有其限度，到現在還是有很多未知的部分，不過狀況緊急，現在只能依靠這個能力了。

我開始「回想起」這個女生可能會喜歡的樣貌……

……三番兩次利用妳，真的很抱歉。公園的女孩。

睜開眼睛，就看到短髮女孩張大了嘴巴，呆滯地望著我。

這一招到底有沒有成功呢？

「怎、怎麼樣？還滿有趣的吧？」

我全身冷汗地發問，短髮女孩則發起抖來。

啊啊，行不通嗎？已經沒辦法了。要被詛咒了……

我因為過度恐懼，已經開始在腦中念著「南無阿彌陀佛南無阿彌陀佛」的時候，女孩總算開口回答：

「好有趣啊……！」

短髮女孩的眼睛閃閃發光，像是我第一次使出這個能力的時候一樣。

「真、真的嗎？太好了……」

放心下來的我立刻停止念經，呼出一口長長的氣。

看她那個樣子，應該是真的非常中意吧。我應該不必再擔心會因為詛咒死掉了。

「這、這到底是怎麼做到的啊……！」

「呃，該怎麼說呢？就像是可以變身成自己想要的模樣……吧？」

我這麼一說，短髮女孩馬上發出「喔喔……！」的小小驚嘆。

很好，行得通！這個女生意外地好騙啊。只要繼續順利發展下去，應該可以成功讓她放過我吧。

「那麼，再讓我看看別的。」

「……咦？」

短髮女孩似乎相當喜歡這個能力，眼睛眨也不眨，等著我變身。

「啊、啊啊，嗯！好，下一個！呃，這個嘛……」

話是這麼說沒錯，但是我能夠立刻變身成功的表演項目，就只剩下媽媽了。

啊啊，我的交友關係實在太悽慘了。早知道就和公園裡的小孩子們多多接觸了。

老實說，我不太想變成媽媽的樣子……但是沒辦法。

對不起，媽媽，被詛咒死掉實在太恐怖了。只要再一次就好……！

「那、那我就開始囉。」

「嗯、嗯！」

閉起眼睛，「回想起」媽媽的外貌、氣味和聲音……

相較於公園的女孩，媽媽的身影更能夠簡單回想起來。儘管回想得越多，心裡就覺得越難過。

「……怎麼樣？」

眼睛一睜開，短髮女孩「喔喔～～！」地以至今不曾聽過的清晰聲音發出歡呼。

可能是因為大受感動，她為我送上了緩慢的幾聲拍手聲。

「啊哈哈，哎呀，謝謝～～謝謝……」

我有點害羞起來，輕輕點頭回禮。

什麼嘛，這樣看起來，她不就只是個充滿朝氣的好孩子嗎？

至少短髮女孩現在的表情，已經沒有當初剛見面時的陰沉氣息了。

難道幽靈也有各式各樣的類型嗎？

如果是這種感覺的幽靈，搞不好不只是口頭上，可能真的能夠變成朋友也說不定。

「咦？」

我無意間望去，發現不知不覺間，短髮女孩的膝蓋以下長出了兩條腿。

「咦，什麼？腳怎麼了嗎？」

短髮女孩訝異地歪著頭。

「呃……不，沒什麼。」

「哦～～你好奇怪。」

女孩說完，隨後露出了「算了，隨便」的表情，不再追問。

雖然很想反問「要說奇怪，妳也差不多吧？」但是我不敢再亂說話，以免不小心踐踏了「女孩子纖細的心」，那就糟了。

「那麼，來。」

語畢，短髮女孩向前伸出了一隻手。

「什麼？」

「不是『什麼』吧……當朋友！我們是朋友了，所以要握手。」

說出這句話的女孩，把向前伸的手更往前伸出。

對了，因為太拚命所以忘記了，我的確說了那種話。

「啊，嗯，說得也是。呃……」

我還在猶豫到底該不該直接握住那隻手，短髮女孩已經搶先一步抓住我的右手，強制握了一下。

「好，是朋友了。」

短髮女孩邊說邊笑了一下。

我整個人害羞到臉上都快噴出火來了。

是啊。朋友，這可是我出生以來第一次啊。

連我也可以交到朋友。以前總是在公園裡羨慕不已的、能夠玩在一起的朋友。

「嗯、嗯！」

我也稍微使力回握了她的手，果斷地笑了笑。這就是短髮的「幽靈」女孩，成為我值得紀念的「第一號朋友」的瞬間。

「這麼說來，你叫什麼名字？」

短髮女孩這麼一問，我「啊！」地喊了出來。

要是不知道彼此的名字，就沒資格大放厥詞說對方是自己的朋友。

「還有，你到底打算握到什麼時候？」

隨後，短髮女孩又懶洋洋地補上一句。

因為實在太難為情，我迅速地縮回了手，轉移焦點似地說道：「啊、啊哈哈，名字嘛！名字～～」

「我、我叫做修哉。鹿野修哉（Kano Syuya）。」

聽到我的名字，短髮女孩「嗯嗯……」地微微點頭。

「那妳、妳的名字呢？」

聽見我的問題，這次換成短髮女孩回答。

「我叫做KIDO……」

「呀啊啊啊啊啊啊啊！」

短髮女孩正準備自我介紹的瞬間，正門方向突然傳來了前陣子才剛聽過的不祥慘叫聲。

我連忙回頭，不出所料，看起來隨時都會口吐白沫暈倒的阿姨就站在那裡。

……啊，忘了變回來了。

「為、為什麼連這裡也？難、難道是追過來了？是追過來了吧？啊啊啊……」

阿姨連珠炮似地這麼尖叫，然後突然一晃，暈倒在地。

下一秒，建築物正門裡面也紛紛傳出「怎麼了？」、「是慘叫聲！」等聲音。

糟了，這下真的糟了。

「欸，這個人是誰？」

我沒有理會短髮女孩的問題，全身冷汗直流，拚命思考應變對策。

然後，我立刻想到了最創新、同時也是最糟糕的方法。只能這麼做了。現在真的只能這麼做。

「喂，妳能不能毫不留情地給我一拳？」

我抓住短髮女孩的肩膀，臉上擠出一絲微笑，哀求著她。

「……啊？」

短髮女孩的表情立刻恢復成當初剛見面時的陰沉面孔，朝我投來冷漠的視線。

不過事到如今，這種事情真的無所謂了。現在必須立刻恢復原狀才行……

隨著設施內部傳來的「有人倒在地上！」的聲音，大量腳步聲正朝著這裡迅速逼近。

「好嗎？好嗎？妳真的不必手下留情，好嗎？快點揍我！快點！」

短髮女孩臉上的表情完全抽搐了起來。直至剛剛的笑容影子已經徹底消失無蹤。

不過我仍毫不在意，繼續搖晃著她的肩膀，接著女孩的表情像是發出了喀嚓一聲，轉換成另一個表情。

下一秒鐘，女孩露出了充滿殺意的眼神，瞪著我看。

啊啊，再見了，我的第一號朋友。雖然時間很短，不過這段回憶真的非常美好。

啪嘰！一聲清脆響亮的聲音響徹整座設施。

這就是自稱「ＫＩＤＯ」的女孩，將來也持續不斷毆打我的、完全不值得紀念的第一拳。

夜話DECEIVE 4

淡橘色的室內燈光，微微照亮了整齊清潔的房間。
美其名為整齊清潔，其實這個房間裡的東西原本就少得異常。
小型液晶電視和一張格紋大矮桌，矮桌四周圍著幾個坐墊，書架放著幾本兒童讀物。
此外，還有幾個收納個人衣物的彩色小箱子，大概只有這些，整個房間簡潔而無機質。

單人房棟一樓盡頭「１０７號室」。
今天，我們也在附設於室內的兩張雙層床當中，比較髒的那一張的下層……也就是我的床上，召開反省大會。
今天的反省大會主題，是「現今在這座養護設施當中被視為『怪物』的我們，到底該怎麼做才能洗去汙名」。
哎，雖說是「今天的主題」，不過昨天也是這個，前天也一樣是這個。

而今天也是，我以外的另外兩人並沒有提出任何意見，面對我提出的「你們兩個怎麼想？」他們也沒有做出回答，一片昏暗當中，沉默持續了兩分鐘左右。

「哎呀～哈哈。到底該怎麼辦呢～……真的。」

我再也忍不住，滿懷著「老實說我已經舉手投降了」的心思輕聲說出這句話，結果ＳＥＴＯ緊緊抱住手裡的枕頭，露出隨時都會哭出來的表情。

「一定都是我害的吧。真的很抱歉……」

「不，這不光只是ＳＥＴＯ的錯吧。不准說這種話。另外，禁止用敬語。」

ＫＩＤＯ果決地打斷了ＳＥＴＯ軟弱的發言。

ＳＥＴＯ的肩膀震了一下，隨後便以幾乎聽不見的聲音回答「真的很抱……對不起」，接著把臉埋進枕頭裡。

ＳＥＴＯ是個非常愛哭、像是把小動物和小嬰兒加在一起的男生。

跌倒的時候哭，肚子餓的時候也哭，天色變暗就哭，就算沒事，他也還是先哭再說。

這就是我在這裡遇到的「第二號朋友」瀨戶幸助（Seto Kosuke）最主要的特徵。

既然是對這樣的ＳＥＴＯ說話，照理說應該稍微選擇一下說話方式比較好，只是當事人ＫＩＤＯ卻是毫不在意。

才剛聽到她冷漠地回應了一聲「嗯」，隨後立刻開始用手上的翻花繩建造東京鐵塔。

若是繼續放置不管，事情似乎會變得越來越麻煩，所以我連忙插手介入。

「哎、哎呀，沒關係啦。ＳＥＴＯ也自己設想了很多啊……」

「……那個，真的很抱歉，我其實沒有想很多。」

依然把臉埋在枕頭裡的ＳＥＴＯ輕聲這麼一說，讓我打的圓場整個糟蹋掉了。

同時，看起來相當不耐煩的ＫＩＤＯ散發出了「所以說禁止用敬語！」的壓迫感，ＳＥＴＯ又震了一下，陷入沉默。轉眼之間又回到了起點。

我「唉」的一聲嘆了口氣，整個人重重靠到放在一旁的棉被上。

今天大概也不會有結果吧。我可以預見之後的發展就是等注意到時已經到了上床睡覺的時間，和平常一模一樣。

來到這裡轉眼間已過了好幾個月。

在這裡的幾個月，比之前在阿姨家度過的那兩個月，密度明顯要高出許多。

那一天，才剛見面，我臉上就出現了鮮紅的五指掌印的時候，我還很擔心之後會變成什麼樣子，然而幸運的是，我今天也好不容易順利地在這裡生活。

說到五指掌印，製造出它的當事者，女孩「ＫＩＤＯ」，是出自跟我一樣的理由才來到這裡的孤兒。知道這件事的時候，我真的嚇了一跳。

如果只有這樣也就算了。後來知道我們連房間都是同一間時，心裡更加驚訝。

一般來說，似乎有規定男女生必須分房，但是其他房間已經全部住滿，加上我們的年紀還小，所以就變成這樣了。

儘管曾聽過，不過世上竟然真的有「緣分」這種東西呢。當時的我深切體會到這一點。

順帶一提，「ＫＩＤＯ」這個稱呼方式，是因為那時我只問出了她的姓氏就被當成變態看待，而且之後她甚至有一段時間連話都不願意跟我說。

為了不讓難得的第一號朋友逃跑，我拚命地「ＫＩＤＯ小姐、ＫＩＤＯ小姐」叫個不停，她終於開口回答「不要加小姐！」的時候，我連眼淚都快掉下來了。但是之後又過了一個月，她還是不願意說出名字，最後她的稱呼就變成ＫＩＤＯ了。

窩在這個房間裡等待我和ＫＩＤＯ的，就是這個房間原本的居住者ＳＥＴＯ。

相較於ＫＩＤＯ的冷漠，ＳＥＴＯ屬於完全不同種類的寡言，不過當初我被ＫＩＤＯ無視時，他大概是想為我打氣吧，從那時開始，他就會和我聊各種話題。

例如他出生後不久就一直待在這間養護設施裡。

沒有任何朋友，甚至還被住在其他房間的人欺負。

還有去年，唯一的朋友小狗花子死掉的事……等等。他一邊哭一邊說出來的這些事情，不管再怎麼語帶保留，都不能算是「能夠打起精神的話題」。

但是，就在我不斷說著「沒事沒事」安慰他的時候，我和ＳＥＴＯ之間逐漸建立起世人所謂「羈絆」這種東西。

比起那個時候完全不和我說話的「第一號朋友」ＫＩＤＯ，他更有朋友的感覺。

從那個時候開始，ＳＥＴＯ就變成了我的第二號朋友。

絕對不是因為ＳＥＴＯ跑來問我「我們應該可以算是朋友吧？」的時候，眼睛裡寫著「如果不是這樣我就去死」的關係。絕對不是。

我只是純粹覺得，和這個名叫ＳＥＴＯ的少年一起度過的時間十分愉快。

隨著日子一天天過去，ＫＩＤＯ也漸漸開始會和我說話，如今雖然還有一點點尷尬，不過我們三人可說是過得一帆風順……

……才沒這回事。

應該說，現在是和一帆風順徹底相反的狀況。

如果我們三人坐著的這張床是一艘帆船，那麼船帆應該早已撕裂成碎片，而我們正孤獨地在暴風雨中的太平洋上漂流遇難。

沒錯，所以才需要召開這場反省會。

就算是我們，被那些職員還有其他房間的入住者叫成「怪物」或「妖怪」之類的，老實說非常難過。

已經不想再看到１０７號室的門牌上，被別人貼上「怪物房間」的字條了。所以才要盡快抹去這個印象……

「怪、怪物……妖怪……」

「對吧。真的很希望他們不要再這樣叫了……咦？」

我剛剛並沒有把「怪物」或「妖怪」之類的詞彙說出口。只有在腦中稍微想到而已。

那麼他為什麼有辦法對這些詞彙做出反應呢？

我立刻坐起上半身，朝著SETO的方向看去。SETO正把埋在枕頭裡的臉抬了起來，淚眼汪汪地看著我這裡。

那雙眼睛，已經染上了幾乎讓人看呆的鮮豔暗紅色。

我呆愣地說出一聲「啊」，隨後思考了一下，閉上眼睛。

（……又聽到我心裡的想法了嗎？）

我在腦中如此暗想。

「真、真是對不起，我聽到了。」

SETO一臉愧疚地說完後，像是只把眼睛露出來似地，拿枕頭摀住了嘴巴。

果然是這樣沒錯。

我繼續在腦中想著（最近那個狀況明明減少很多了呢。不過話說回來，SETO的那個總是來得很突然啊）。

結果SETO仍用枕頭摀著嘴，非常難為情地說：「我想大概再過一下就沒事了吧。」

聽到這句話，我露出了苦笑，然而接下來卻換成KIDO那邊散發出不祥的氣息。

戰戰兢兢地朝KIDO的方向看去，發現她像是不耐煩到極點似地瞪著SETO。

接下來再看向被瞪著的SETO，他已經像是變成一隻不幸撞見蛇的小老鼠了。

SETO一邊揮動著雙手，一邊說著：「啊、啊，敬語！真是抱歉，真的非常抱歉！咦……？不、不是！我不是故意的！」SETO拚了命地用敬語對著KIDO的心聲加以辯解，他的敬語病真的太根深蒂固，幾乎讓人傻眼。

KIDO丟下了剛剛一直愛不釋手的翻花繩，邊說「到底要我說多少次，不要再用敬語了……」邊跪立起來，右手握拳，開始朝著SETO逼近。

這一刻，SETO因為過度害怕，開始唏哩花啦地哭了起來，並發出「噫噫噫！噫噫噫噫！」的丟臉慘叫。

這樣實在有點太糟糕了。

我擠進SETO和KIDO中間，朝著KIDO張開雙手。

「等等，暫停、暫停～～！KIDO，妳有點氣過頭了。吶？」

雖然多少有點不自然，不過我還是竭盡全力露出笑容，對著KIDO這麼說。結果KIDO露出了「滾，不然連你一起殺」的眼神，緊盯著我。

這個女生的眼神真的很兇。如果是戰隊故事，她一定是敵方角色吧。

當我心裡正想著這些，身後的SETO突然發出「呵呵，敵方角色」的笑聲。

（給我等一下！你在笑什麼啊！我現在可是為了你挺身而出耶？）

我在腦中這樣大喊，於是後方傳來SETO「非、非常抱歉！」的大叫聲。

然而現在這狀況，這種道歉方式實在很糟糕。SETO啊，為什麼你會這麼不小心呢？

不出所料，眼前KIDO憤怒的氣場比起剛才還要更加增強。

「又是敬語……還有KANO，你剛剛跟SETO說了些什麼對吧？」

KIDO平靜地說道，但話語的背後確實隱藏著強烈的殺意。

「噫！討、討厭啦，我什麼也沒說啊！對吧，SETO！」

「對、對呀對呀！絕對沒有說什麼敵方角色之類的！」

下一刻，KIDO一記強烈的重擊，準確地打中我的心窩。

「咕喔喔！」

我不由自主地倒在純白的床單上。

這一記，簡直可以讓人從遠方聽見敲鐘一樣，是非常乾淨俐落的擊倒。

隨後，SETO又再次發出「噫呀啊啊！」的丟臉叫聲。

感受著腹部遭到直擊的劇痛，我勉為其難地抬頭看向KIDO的臉，發現她的怒氣似乎已經轉完了一圈，開始啜泣起來了。

像是和她出現同步一般，也像是理所當然的一般，SETO也開始大哭。

回過神來，這兩個人丟下了燃燒殆盡成雪白飛灰的我，開始互相合唱似地哇哇大哭。

……呃，這是怎樣？

這種狀況下，大哭的人應該是我吧？照理來說。

完全不理會我心中難以排解的哀傷，兩人的放聲大哭開始越演越烈。

「啊，糟了，再這樣下去……」

我突然想起一件事，再次看向KIDO。不出所料，KIDO的眼睛開始逐漸變紅，身影也變得越來越稀薄。

沒錯，不知道為什麼，KIDO只要生氣、哭泣，或是覺得寂寞的時候，就會消失……

正確來說，應該是變得「無法被他人所認知」。

不過，這個狀況又附加了「只要接觸就能加以認知」這一條莫名其妙的條件。

因此，只要握住她的手，或是在她消失的空間裡到處揮舞拍打，就沒有問題。不過，最麻煩的就是KIDO在身影消失的狀況下走到外面去。

因為不高興而消失無蹤的時候，KIDO有時會直接走到其他地方去。

以前有一次KIDO因為這樣消失無蹤，後來一直沒有回來的時候，我和SETO花了好幾個小時到處搜索。

說來慚愧，唯獨那一次，我也跟著哭到沒有資格叫SETO愛哭鬼的程度。

結果，我們一直找到天亮都沒找到人，只好先回房間一趟，卻發現當事人正舒舒服服地躺在床上睡覺。要是再次發生同樣的事，實在難以承受啊。

現在總之得想辦法讓兩人停止哭泣，之後應該就可以避開許多麻煩事了。

於是我開始想像某個身形。

我「回想起」那個還沒有讓他們看過的、最近新增的表演項目「那個」的身影、氣味和聲音……

睜開眼睛的那一刻，兩人異口同聲地發出「哇啊！」的叫聲。和預期一樣的反應，讓人感覺愉快了起來。

我朝地板上奮力一跳，對著兩人揮了揮手。

兩人剛開始還是一臉驚愕的表情，不過等到我揮手，兩人剛剛還掛在臉上的哭臉立刻消失，都露出了大大的笑容。

「「是貓咪！」」

沒錯。就是為了這種時候，我只要一有空閒就會去觀察野貓，記住了貓咪的身形姿態。

經過這幾個月的來往，我得知了KIDO喜歡可愛的東西，而SETO則是喜歡動物。

既然如此，對他們兩人來說，現在這個「黑貓」外型肯定非常惹人憐愛。

果不其然，兩人立刻開始表現出目不忍睹的強烈興趣。

KIDO把身體從床上探了出來，一邊重重喘氣，一邊拍著手說「來、來這邊！小貓咪來這邊！」而SETO也同樣開始不斷招手。

仔細一看，兩人眼中的紅色都已消失得乾乾淨淨，KIDO的身體輪廓也變得清晰。

呵呵呵，這兩個人真是可愛啊。

跳過去的話他們應該會非常高興，不過現在還是稍微捉弄他們一下吧。

擺明為了報復剛剛的事，我稍微靠近，隨後又遠離，然後再次靠近、遠離，不斷重複。

每一次他們都是一會兒開心一會兒失落，為了更吸引我的注意，他們開始做出更加稀奇古怪的事情。

真的、真的痛快極了。我感到非常愉快，簡直都要笑倒在地上了。

事到如今，我也停不下來了。

好了，現在要怎麼辦？要稍微來手舞足蹈一下嗎？嗯，這個做法不錯。

興致盎然的我跳上矮桌，開始在上面跳舞。兩人見狀，開始抱著肚子大笑起來。

啊啊，真開心。怎麼會有這麼開心的夜晚啊。

這一陣子，已經很久沒有這麼開心過了。

這就是貓嗎？不錯，可能會上癮呢。

我得意忘形地激烈跳舞的時候，房門方向突然毫無預警地傳來「砰」的一聲。

因為太開心了，所以我沒有特別注意，不過看著面向房門的兩人臉色變得越來越蒼白，我終於也回過頭去。

兩人的笑聲太大，讓我一直沒注意到，房門早在不知不覺間大大敞開。

可能是在夜間巡邏的職員，現在正不省人事地倒在房間與走廊的界線處。

為什麼會突然倒在這種地方？我一時還無法理解，但稍微想想，其實理由非常單純。

我停止跳舞後，感覺全身上下的血液一口氣全流光了。

「怎、怎麼辦，小貓咪？」

ＫＩＤＯ戰戰兢兢地問我。

要怎麼辦，這件事情我反而更想問妳呢。

想不出任何辦法的我，姑且先回答了一句「喵～」。

……後來，那個職員四處說「原本打算警告一下半夜大聲吵鬧的小孩，結果開門一看，看到一隻黑貓正在瘋狂跳舞」，然後聽說得了神經官能症，就被調到其他設施去了。

當然，這個事件讓我們三人的負面評價更上一層樓，至於這個被稱為「怪物房間」的

107號室的惡名，不必說，當然也是不動如山。

＊

單人房棟一樓盡頭「107號室」。

今天，我們也在附設於室內的兩張雙層床當中，比較髒的那一張的下層……也就是我的床上，吵吵鬧鬧地召開反省大會。

今天的反省大會主題，是「現今在這座養護設施當中被視為『怪物』的我們……再這樣下去就糟了」。大概就是這種感覺。

不過呢，狀況真的是驚人地完全沒有一絲好轉。

別說好轉，我們的評價甚至一天比一天低，到處都在流傳關於我們的傳言。

舉個例子。

有個謠言是「一樓的女生廁所，最裡面那間單間廁所裡，每天晚上都會傳出幽靈的啜泣聲。可是不管怎麼調查，那邊都沒有人」。

追問之下，似乎還有個共通說法是「那個幽靈常常出入我們的房間」。哎呀呀，這個說法到底是誰先開始的啊？

根本不是出入，是住在這裡啊，混帳。

問過ＫＩＤＯ後，她似乎馬上鎖定了某個對象，氣沖沖地回答「我要去把那個造謠的傢伙揍一頓……」於是我馬上阻止了她。

再舉一個例子。

有個謠言是「１０７號室的孩子，在走廊對著一個職員說了幾句話，結果那個職員隔天就消失了蹤影。那該不會是惡魔之子吧」。

剛聽到這個謠言時，根本不懂到底是什麼意思。不過後來，ＳＥＴＯ說了：「這麼說來，之前有個男職員身上穿著女生的內褲，我告訴他『你穿錯了喔』之後，那個人就不見了……」算了，這應該也是我們的錯吧。

不過身為小孩的我們，有點不懂為什麼對方要這麼做，以及他為什麼會消失無蹤。

最後一個例子。

內容是「單人房棟的後面，經常出現一個怪人拚命聞著野貓的味道」。好吧，那是我。真是丟臉死了。

日子像這樣一天天過去，負面謠言接二連三地不斷更新，我們真的是疲於奔命。不對，其實並不是我們，我以外的另外兩人根本連奔都沒奔，完全是我的個人秀。

而今天也是，我現在正一一舉例，然後像平常一樣提出：「你們兩個怎麼想？」

「我覺得KANO好噁心。」

KIDO以不帶一絲迷惘的眼神，乾脆地回答。

「咦？啊～～……咦？」

聽到這個太過殘忍、太過直接的回答，我一時之間還想了一下「這是不是某種隱喻？」

「我覺得你好噁心。」

不，不對吧，再怎樣想，這句話就是原本字面上的意思。

「……不，現在問的並不是關於我去聞野貓味道很噁心這件事啊。而是將來我們到底要怎麼辦……」

我努力忍下了ＫＩＤＯ的尖銳言詞，試著重新說明這場反省會的主旨，但是ＫＩＤＯ可能已經睏了，只見她毫不在意地「呼哇～」一聲，打了一個呵欠。

眼淚忍不住湧了上來。

為什麼我非得被人說很噁心不可呢。我明明這麼努力了。

可能是察覺到我的心思，ＳＥＴＯ湊到我的耳邊說：「一點都不噁心喔。因為我也經常這麼做。」

……抱歉，ＳＥＴＯ。果然以本性那麼做，或許還是有點噁心。

「不過話說回來，這個反省會到底要舉行到什麼時候？應該說這有意義嗎？」

ＫＩＤＯ揉著眼睛，極度想睡似地說道。

「唔……沒有啦，嗯，的確是這樣沒錯。」

被人這麼一問，真的無言以對。

每天晚上都以「反省大會」的名義召集兩人，但是直到今天，始終不曾覺得會有靈光一閃地出現徹底改變現狀的好主意啊。

「可是啊，要是繼續過著這樣的生活，我們說不定真的會被趕出去喔？」

「果、果然會被趕出去，是嗎？」

聽到我的話，ＳＥＴＯ的身體狠狠地顫抖了一下。
能夠在間不容髮之際量產出大量眼淚，ＳＥＴＯ的淚腺到底是何種構造啊？
「啊啊，真是的。不要哭，不要哭。」
我撫摸著他的背，ＳＥＴＯ才輕輕點頭，擦去眼淚。
不會一直持續哭個不停，這也算是ＳＥＴＯ的優點。不過他未免太愛哭了。
「哎，我想應該不會變成『現在馬上滾出去～』之類的狀況啦。可是職員們好像也都很怕我們，要是不提昇好感度的話……」
「好、好感度是嗎……」
話雖如此，我當然也沒有想出任何對策。
再說，想把已經降到谷底的好感度重新提昇起來，這種事情真的有可能嗎？
評價已經低到用「怪物」來形容，所以應該是沒辦法再降了。但是要怎麼做，才有辦法把低到不能再低的評價提高到「人類」程度呢？
「……都睡著了嘛。」
我還在唸唸有詞時，ＫＩＤＯ似乎早在不知不覺間坐著發出鼻息安穩地睡著了。

原來如此。剛剛SETO明明用了敬語，KIDO卻沒上前來揪住他，是因為這樣啊。

不過現在應該沒有必要特地叫她醒來，惹她生氣。

我把手撐在KIDO的背上，慎重地讓她躺了下來。

清醒時態度冷漠的KIDO，睡著之後倒是相當可愛。

「明明就不是一個值得大家大驚小怪的壞孩子呀。」

我一邊輕輕戳著KIDO的臉頰，一邊笑著這麼說。SETO也跟著說道「只要她不生氣的話」然後笑了起來。

這時，KIDO像是在說夢話般地「嗯」了一聲，SETO立刻大叫「噫噫噫！」整個人翻倒過去。

要是看到這兩個人的模樣，流傳那些謠言的人應該也會驚訝地想說：「自己過去怎麼會怕看起來那麼弱不禁風的人啊！」

但是，我也沒資格拿這種事去批評周遭的人。

回想起來，我剛開始也把KIDO誤認成「幽靈」，害怕得要命。

人類要是沒有先交流看看……要是沒有先交談過，就不會知道真正的情況。

若是如此，只要請他人了解我們真正的情況就可以了，可是這件事情相當困難。

只要了解真正的情況，要像這樣和睦相處也沒有問題。

只不過問題在於……

「果然是這個『眼睛』……吧？我們最大的問題。」

這麼說完，翻倒的ＳＥＴＯ輕巧地坐起身來。

「對不起，我又稍微聽到一點點……」

愧疚地說出這句話的ＳＥＴＯ，雙眼不知從何時開始變紅了。

我呵呵地笑了笑，在心裡想著（反正ＫＩＤＯ已經睡著了，這樣可能比較好。）而ＳＥＴＯ也開心地笑了起來，小聲回答「那就恭敬不如從命了」。

（說真的，這個力量到底是什麼啊？果然是電視上說的超能力嗎？）

「唔。那個嗎……果然還是找人問問看比較好吧……」

ＳＥＴＯ說完，眼中又積滿了淚水。

（啊哈哈，抱歉抱歉。哎呀～這種事情實在沒辦法隨便告訴別人，對吧？）

「是、是啊……因為太可怕了。」

沒錯，過去的反省大會上，我們也曾討論過「應該就是因為這個能力，所以我們才會被別人稱為『怪物』吧」。

老實說，關於這能力，我們只知道自己能夠親身體驗的部分，而且先不說我，SETO和KIDO到現在都還不能隨心所欲地運用。

若是可以運用自如，那麼關於我們的負面謠言應該只有一半都不到吧。

也因此，自然會出現「和某個大人商量一下」的意見。

但是，當時剛好看到的一個電視連續劇，將這種想法徹底粉碎了。

不知道是什麼因緣巧合，當天播放的連續劇當中，出現一個能夠看穿他人內心、被稱為「心電感應者」的超能力者，才剛捧腹大笑說著「這就跟SETO一樣嘛！」心電感應者就被神祕組織抓走，被迫接受各種殘忍的實驗，最後死掉了。

說起那個時候我們的……尤其是SETO臉上的表情，只能說是「放進冷凍庫一陣子，結果直接凍住了」吧。

這就是我們同時認知到「超能力者會被抓去做實驗然後死掉」的瞬間。

順道一提，在那之後過了好幾分鐘，當SETO終於開始全身發抖時，這次他又沉默地鑽進被窩，就這樣窩了一整天都不出來。

因此對SETO來說，「心電感應者」這個詞是禁句，同時也是最近KIDO偶爾會輕聲低喃，藉此欣賞SETO反應的魔法之語。

因為這樣，我們三個人的能力，至今都還是只存在於這個房間裡的祕密。

（雖然這麼說，不過這個能力的真實面貌和原因都不清楚，感覺有點恐怖呢。）

「的確是這樣沒錯呢。像我和KIDO總是自己突然用出來……」

SETO嘆了一口氣。

SETO「讀取他人心中想法」的能力，會因為時間地點不同而出現強弱變化，一旦強烈發動，從「對象的心情」到「過去的記憶」都有辦法感受到。

相反的，若是像現在這樣輕微發動，好像就只能讀取到「對方刻意在腦中思考的話」。以前，SETO曾經用他詞不達意的說話方式親切仔細地加以說明，只不過若不是親身體驗的當事人，還是有許多摸不著頭緒的地方。

（你們兩個的那個，真的很傷腦筋呢。特別是KIDO，光看外表就有可能曝光，真的很辛苦。）

儘管和過去相比已經穩定許多，但是KIDO似乎也沒辦法控制她的「透明能力」。

她本人的說法似乎是「只要心煩意亂就會發動」，但是實際上真的是這樣嗎？

值得慶幸的是沒有發生什麼大事……希望沒有，只不過或許應該在情況變得更加惡劣之前，學會使用方法比較好吧。

真的沒有任何辦法嗎？

「希望至少可以忍下來呢……」

（忍下來啊。哎，SETO先忍著不要變成愛哭鬼怎麼樣？）

我說完後賊笑了一下，SETO立刻滿臉通紅，難為情地回答「這倒是真的呢」。

（不過，除去開玩笑的部分，搞不好真的有關連呢。不管是KIDO還是你，平常不哭的時候，能力也很少發動不是嗎？）

「可、可是我在這一方面真的完全沒辦法……雖然想改，可是一直改不了……」

SETO邊說邊沮喪起來。

（這麼說來，你也一直改不掉敬語嘛。）

「嗚嗚……是的，非常抱歉。」

只要見到眼前加倍沮喪的SETO，就能一眼看出他真的不是故意這麼做的。

KIDO應該也知道，但關於SETO的敬語，她至今還是維持著極為嚴格的態度。

老實說，看到這兩人笨拙的地方，就覺得自己其實挺有用的，實在有點不太舒服。

不對，就算看看周遭的孩子們，幾乎大部分的人都一樣笨拙。雖然從以前就是如此，不過我真的很不喜歡自己這樣刻意俯瞰著他人「充滿人性」的部分。

「不過，KANO果然很厲害啊。不但可以好好使用能力，而且總是出手幫助我們。」

SETO笑著這麼說，但是不知道為何，這句話並沒有讓我覺得開心。

（咦？才沒這回事呢！我跟你們一樣啊。有一堆不了解的事，還有一堆害怕的事。）

「……咦？」

應該已經讀取到我腦中文字的SETO，突然把頭歪向一邊。

我連忙看向SETO，發現一瞬間，他眼裡的紅色突然消失無蹤，恢復成原本的顏色。

「哎、哎呀。好像停下來了！呼……對不起，每次都這樣麻煩你。」

SETO一邊說一邊不停地低頭行禮。

「嗯，啊啊，沒事沒事！你不必這麼在意啦！」

我邊說邊擠出一個笑臉。

「不過，最後那瞬間KANO想的事情……該怎麼說，我有點不太懂……」

「……什麼啊，這種小事。就是那個吧，因為能力快要失效了嘛。所以你只是因此有點混亂而已吧？」

「可、可能吧。唉……擅自發動又擅自消失，這個能力真的很壞心眼。」

SETO說完，肩膀重重垂了下來。

「算了算了，這也沒什麼不好啊。看到SETO被能力耍得團團轉，真的很有趣喔？」

我故意壞心眼地這麼說，SETO便鼓起臉頰說：「請不要這樣捉弄我啦。」

「但說真的，我們非改變不可呢！畢竟持續帶給大家麻煩，果然還是很讓人難過啊。」

SETO一邊用力喘氣一邊說著。剛剛的軟弱轉眼消失，變得相當值得依靠。

「呵呵！哎呀呀，慢慢來就行了啦。現在就算不急著改變也……」

「……一點也不好。」

插嘴打斷我的話的人，是KIDO。

睡著時的可愛模樣不知消失到哪裡去了，KIDO臉上掛著和平常一樣尖銳帶刺的表情，緊盯著SETO。

「敬語。到底要到什麼時候才能改掉？」

KIDO輕聲這麼說完，SETO便「噫！」地小聲叫出。

這樣的一來一往，我應該已經看習慣了才對，但是現在卻莫名地覺得極度看不下去，忍不住開口說道：

「……妳這樣也太過分了一點吧？」

我一說完，依然仰躺在床上的ＫＩＤＯ，視線從ＳＥＴＯ身上移到我這裡來。

「什麼？」

ＫＩＤＯ邊說邊緩緩坐起身來，瞪著我看。

若是平常的我，這時總是傻笑蒙混過去，但現在不知道為什麼，就是嚥不下這口氣。

「話說妳有仔細聽ＳＥＴＯ說的話嗎？他說他想要改變啊。」

「可是，根本什麼也沒變啊？明明說了那麼多次了。」

ＫＩＤＯ看似一步也不肯退讓，惡狠狠地這麼說道。

看著我和ＫＩＤＯ的對話，ＳＥＴＯ發出「那、那個……」的聲音。

不過，我們已經停不下來了。

「真讓人火大呢。」

明明保持沉默就好，但我仍老實說出自己的感覺。隨後各種思念立刻從我口中爆發。

「根本不考慮別人的心情，每天每天總是這麼任性。妳以為妳是誰啊？老實說我真的沒辦法繼續配合妳了。再說ＫＩＤＯ總是……」

說到這裡，右邊臉頰突然傳來一陣劇烈的衝擊，視野跟著大大地搖晃。

這突如其來的狀況，讓我的思考瞬間停止。直到聽見ＳＥＴＯ不成聲的慘叫，我才總算發現自己挨了ＫＩＤＯ一巴掌。

「……好痛啊。」

我邊說邊瞪著ＫＩＤＯ。

至今從來不曾感受過的漆黑情感，逐漸充滿了我的心。

這點ＫＩＤＯ似乎也一樣，她的臉上出現了明顯的敵意。

「不考慮別人心情的人是誰啊。ＫＡＮＯ明明也從來就不懂我的心情啊！」

如此斬釘截鐵說道的ＫＩＤＯ，雙眼開始變得越來越紅。

彷彿互相呼應似的，她剛剛用來打我的、那令人憤怒的右手，也開始漸漸變得稀薄。

儘管看到ＫＩＤＯ這個樣子，我也沒有像平常一樣安慰她，反而用鼻子重重哼了一聲。

「我才剛被妳揍，怎麼可能了解妳的心情啊？我又不是ＳＥＴＯ。話說現在是怎樣？妳又想消失了嗎？哎呀，還真是輕鬆啊。」

明明還有其他更好的說話方式，但我還是故意加入了更多的不屑，任憑自己的情感宣洩出來，如此說道。

這一瞬間，ＫＩＤＯ似乎沒能理解自己聽見了什麼，隨後她的臉立刻迅速紅了起來，猛烈地撲到我身上。

「你這傢伙！」

被她用全身的體重壓倒，我毫無抵抗能力地倒了下去。

儘管我努力掙扎，想把她推回去，但是局勢根本無法逆轉。說來慚愧，關於體力肌肉方面，我真的完全敵不過ＫＩＤＯ。

就這麼直接跨坐到我身上的ＫＩＤＯ，再次毫不留情地打了我一耳光。

聽到這聲清脆的響聲，ＳＥＴＯ又虛弱地發出了「噫！」的慘叫。

「……好痛！……幹什麼啦，妳又這樣……」

「吵死了！閉嘴！」

我一開口，ＫＩＤＯ就用雙手摀住了我的嘴巴。

再也說不出話的我，只能難看地踢著雙腳，發出呻吟聲。

從ＫＩＤＯ眼中流出來的淚水，滴滴答答地落在說不出半個字的我的臉上。

「……我……討厭KANO！」

KIDO這句突然爆發出來的話，讓我的心臟猛地一抽，就連不斷踢來踢去的雙腳都失去了力氣。

和剛剛被打時的火辣疼痛感完全不同，那就像是被人強灌冰塊一樣，是冰涼的疼痛。

因為KIDO的話語而產生的這份痛楚，當我越是理解那句話的意義，心臟就一點一滴地揪得越緊。

過度的恐懼，讓我慌張揮開了KIDO的雙手。她用雙手摀住了臉，開始低聲哭泣。

看著不斷哽咽哭泣的KIDO，我腦中完全想不出任何一句話。

該說什麼才好？被她說了討厭的我，到底該對她說什麼……

「……那還真是多謝了。」

腦袋還在拚命尋找答案的時候，突然間，我的嘴巴卻說出了自己根本沒想過的話。

這句自己脫口而出的話，讓我感到極度困惑。我明明根本不打算這麼說的，為什麼會突然蹦出這麼一句話？

看到KIDO因為這句話而露出的驚愕表情，我察覺到自己做了再也無法挽回的事。

老實說，真希望她能像平常一樣揍我。

若這樣能讓她消氣、能讓她不再討厭我，我甚至覺得就算被她打得遍體鱗傷也無所謂。

但是KIDO沒有再動手揍我。她用右手擦了擦眼淚，一語不發地從我身上下來，離開床鋪。

「等、等一下，KIDO！對不……」

「……夠了。不要跟我說話。」

我從床上探出了身子大叫，但KIDO連頭也不回，冷冷地如此回應。

當我因為這冷漠的舉止而不知所措的時候，SETO緊接著把身體探了出來，大叫：

「都、都是我不對！」

然後像是發現自己用了敬語一般，又迅速摀住了嘴巴。

SETO實在太不小心，就連我也開始覺得他可恨了。

但是，儘管聽見了SETO這麼說，KIDO也沒有像平常一樣開口斥責，只靜靜地回了：「SETO也是，夠了。」

「另外，我要離開這裡了。」

KIDO接著說出口的這句話，讓我和SETO全身僵硬無法動彈。

「妳、妳在說什麼……」

「之前，有職員找我商量。說是有人想要收養我……原本我打算拒絕，不過最後還是決定離開這裡。」

這件事情實在來得太突然，使眼前一片昏眩。要說是開玩笑，這也未免太有條理了。更別提ＫＩＤＯ根本不開玩笑。

「這、這是騙人的吧？這種事情……」

ＳＥＴＯ忍不住發問後，ＫＩＤＯ這才好不容易回過頭來。

「不是騙人的。還有別再用敬……沒什麼。」

ＫＩＤＯ露出「糟了」的表情，隨後轉身，鑽進了自己的床鋪。

最後，她只丟下一句「下次再跟我說話，我就認真揍死你」，然後就再也沒說半個字。

原來剛剛那個並不是認真的嗎？

……之後持續了好一陣子的沉默。

我和ＳＥＴＯ沒有彼此對望，只是不斷盯著ＫＩＤＯ的床鋪。

ＳＥＴＯ也非常稀奇地沒有哭。

只不過感覺並不像是在忍耐。多半是因為打擊過大，造成思考迴路停止運作了吧。

話雖如此，我的腦袋其實也一片朦朧，沒什麼資格說SETO。

她都說了討厭、說了不要再跟她說話，那麼我就已經沒有任何辦法了。

KIDO應該是知道這一點，才故意採取那種態度吧，如同字面所說，將我視為「討厭的傢伙」，還真是個聰明的做法。

「我們到底會變成什麼樣子呢……」

「……誰知道呢。」

聽到SETO突然開口問出的問題，我簡短地回答後，整個人躺了下來，閉上眼睛。

因為如果不這麼做，可能連SETO都會被我牽怒的。

SETO好一會兒又說了些「那個……」或「呃……」之類的話，不過可能是看到我的反應而死了心，最後說了一句「真的非常抱歉」之後，便爬到雙層床的上舖去了。

之後又過了一陣子，上舖傳來了SETO吸著鼻子的啜泣聲，不過不久後便停止下來，房間裡陷入一片寂靜。

寂靜之中，我在腦中思考著各式各樣的事，但是將昨天之前的快樂時光取回的方法，卻沒這麼容易想到，我便在不知不覺當中睡著了。

KIDO被領養父母帶走，正好是一星期後的事。直到那天為止，這一整個星期，我們最後都沒能開口和她說話。

＊

「哎呀，今天天氣真的很好！總覺得很想出去郊遊野餐呢～～！」

可能是為了打破車內沉重的氣氛，駕駛座上響起了快活的聲音。

坐在駕駛座後方坐位的我，沒有對這道聲音做出回應，只悄悄地嘆了一口氣。

其實我並不是故意要表現得這麼冷漠。

窗外，在街上來來往往的人們，身上都穿著厚外套之類的衣物，看起來還是相當冷。狀況明明就是如此，要是真的變成了「帶著便當一起出門野餐吧」的話，怕冷的我肯定會凍死吧。

但是話又說回來，要是提出任何反對意見，然後被當成「真是不懂看場合的傢伙」的話，實在是太麻煩了。

因此，我硬是壓下了心中各種想法，只是不斷嘆氣。

「可、可是現在出門野餐，會不會有點太冷了……」

可能是受不了沉默的氣氛，副駕駛座上的ＳＥＴＯ苦笑著說道。

一瞬間，我以為他讀取了自己的內心而感到驚訝，不過似乎並不是這樣。證據就是他的眼睛並沒有變成紅色。

「說這什麼話～～！你們還是小孩，這點寒冷根本算不了什麼的啦～～對吧？回家之後就來準備一下出發吧～～」

駕駛座上的人自顧自地發出了悠閒自在的聲音。

ＳＥＴＯ可能有些不知所措，他只回應了「啊哈哈哈……」似乎不知該說什麼才好。

和他的個性不符，SETO一直是個戶外行動派。

他經常一個人跑到外面去，在某處跟動物之類的嬉鬧了一番，然後髒兮兮地回家。

就在一個多月前的某天，我明明凍僵在房間裡面，他卻一整天都在外面四處亂跑。

因此，現在這個狀況不太對勁。

SETO竟然會說「因為太冷了，還是不要出去吧」這種話，怎麼想都覺得不太自然。

不過SETO之所以說出這種「無傷大雅的謊話」，其實可以理解。

畢竟現在的成員和狀況實在糟透了。

我偷偷看了一下左側，正好和坐在副駕駛座後方的KIDO對上了眼。

KIDO馬上露出了不悅的表情，把視線移到另一側的窗戶去。

在四目相交的一瞬間抱持著一絲期待的我，一看到她的態度便感到十分沮喪，同時也有點生氣，於是再次轉頭看向窗戶。

自從上個星期在「反省大會」上吵架以來，我和KIDO一直都是這個樣子。

既然住在同一個房間，要想不見到彼此，當然是不可能的事。但是在這種非常難以吵架的環境下，我們都還是堅持不開口交談。

這段期間，SETO一直非常坐立難安，不過他似乎也知道自己會把事情搞得更複雜，所以並沒有特別說些什麼。

哎，其實我並不是不想和ＫＩＤＯ說話。

反倒是希望能馬上和好，所以我也曾經下意識地接近她。

可是，只要我稍微走近，ＫＩＤＯ就會狠狠瞪著我，持續拒絕跟我和好。

而且她也曾經放話要我別再找她說話，我再也無計可施，只能一直過著悶悶不樂的日子，直到今天……

「不過話說回來，這麼突然真是不好意思啊～不過館長果然沒有好好通知你們吧？說我要一次領養你們三個。」

對，事發突然，出現了想不到的發展。

申請領養ＫＩＤＯ的「楯山」家，打從一開始就不是只領養ＫＩＤＯ，而是要把我們三個人全部領養回去。

當然，我和ＳＥＴＯ根本連聽都沒聽說過這件事。直到兩天前被館長叫過去之後，才終於得知。

未來即將成為家人的人連一次也不曾見過面，甚至連相關消息都不知道，就突然被告知

「兩天後，你們的新家人就會來迎接你們」，一般來說這根本不可能吧。不管是對付小孩子還是對付怪物，這種做法也未免太過分了。

館長應該是覺得只要事情發展順利，就可以把我們這些掃把星趕走吧。但是做法實在太草率，讓我覺得有點生氣。

不過，我們當然擁有拒絕這個選項，但是我和SETO都二話不說答應了。

先撇開是否懷有舊恨，對於那個地方，基本上我們根本毫不留戀。

而且最重要的是，對於原本一直以為可能會就這樣無法和KIDO說話便分離，因此十分沮喪的我們來說，這樣的發展是求之不得的事。

「不、不不不！可以這樣一起接受您的照顧，我們當然是高興都來不及了！對、對吧，大家。」

SETO這麼說完後，回頭看向後座。

我在心中默念「幹嘛故意把話題丟過來啊，笨蛋」，但是SETO的眼睛很不巧地並沒有變紅，而他的臉上又寫著「拜託回答一聲『嗯』吧」，所以我只好無奈地回答「我們真的很開心」。

相較之下，ＫＩＤＯ還是一樣一臉不悅，隨便回答了一聲「啊啊」。

帶著僵硬的笑容、渾身發抖的ＳＥＴＯ臉上，看起來就像是寫著「拜託你們用更好一點的講法啊……」一樣。

順帶一提，我並不是學會了ＳＥＴＯ的能力。

是因為ＳＥＴＯ的表情實在太好懂了。

不過，ＫＩＤＯ雖然一直臭著一張臉，但是就算知道了我們會一起跟過來，她也沒有做出任何抗議舉動。

老實說，我還有點擔心她說出「既然你們會跟來，那我就不去了」之類的話，不過還好只是我杞人憂天了。

然而從剛剛的態度看來，她其實並沒有原諒我們吧。一想到這個，心裡就鬱悶起來。

在未來的生活裡，我們真的有辦法再次和好嗎？

「很好～～！我們到了喲～～！來，下車下車！」

車子開進停車場後便停了下來。我們接二連三地下車，眼前出現了一棟紅色磚瓦蓋成的小小房子。

面對這間外型實在不太熟悉的房子，我和SETO不斷地東張西望。SETO應該也在想著「這片區域是不是都以這種造型的房子為主流？」吧。這棟房子的造型就是如此不同於住宅區當中的房子。

「……好可愛。」

KIDO輕聲說道。

我回頭看去，結果發現我的動作的KIDO臉紅了起來，露出「看什麼看，你這垃圾」的眼神瞪回來。

原本打算說幾句話加以辯解的，但是KIDO那天晚上說的「下次再跟我說話，就認真揍死你」言猶在耳，於是我決定繼續貫徹沉默。

是啊，KIDO喜歡可愛的東西。

這種造型的房子，對女孩子來說大概非常「可愛」吧。

想起這件事的我，腦中浮現出一個好主意。

只要再變身成貓咪一次，KIDO應該就會高興了吧。

之前變成貓咪的時候，KIDO像是忘了那是我變的一樣，徹底為貓咪著迷。

為什麼沒注意到呢。對啊，這明明很簡單嘛。只要再變成那個樣子……

「來來來！進去吧進去吧～～！」

一從敞開的玄關大門走進室內，便發現內部和房屋的奇異外觀完全不同，和電視上出現的普通家庭的樣子一模一樣。

和自己居住的房間截然不同的這股初次感受到的氣味，讓我重新體驗到自己即將開始在這裡生活了。

「呵呵，新家怎麼樣啊？你們可以盡情地隨意使用喔……啊，對了對了，我好像還沒有正式自我介紹吧？我是楯山彩花（Tateyama Ayaka）。想不想把我當成媽媽都沒關係，不過希望能夠把我當成家人喔。」

彩花阿姨臉上邊說邊笑的表情，彷彿徹底洗去了殘留在我心中的不安。

「請、請多多指教。」

我這麼說完後，彩花阿姨便摸著我的頭回答：「嗯！請多指教！」

我有點害羞，看向SETO和KIDO，發現他們都十分羨慕似地看著這一幕。

彩花阿姨似乎也注意到他們的反應，邊說「你們也多多指教～～！」邊摸了摸SETO和KIDO的頭。

這個人的手掌，是不是擁有能夠讓人安心的力量呢？

默默地讓人摸著頭的兩人，表情看起來非常幸福。

「那麼～總之在姊姊回來之前，你們就在房間裡玩耍吧～」

這句話，讓他們兩人全身震了一下並僵住，我也像是配合他們一般跟著僵硬。

「姊、姊姊是指……」

SETO小心翼翼地發問，而彩花阿姨則是愣了一下，回答：「嗯？你們上面還有一個大你們一歲的姊姊……咦？難道館長沒有告訴你們嗎？」

我差點就把「對不起，那個叫做館長的傢伙幾乎什麼也沒說」這句話說出口，不過一聽到SETO大叫「啊、啊啊！可能是這樣沒錯！」我只好默默地點頭同意。

難得能在這麼好的氣氛下被迎進這個家。現在沒必要投石問路，也沒必要追根究柢。那個姊姊如果是這個人的女兒，一定是溫柔又善良的好人吧。

我和SETO瞬間交換了一個眼神，點頭「嗯」了一聲，確認彼此的意見相同。

這一點是這幾個月當中，我們一直顧慮著KIDO的心情，因此創造出來的類似羈絆的東西。哎，說起來有點哀傷就是了。

至於當事人KIDO，她當然不知道我們的想法，臉色蒼白地抖個不停。

「哎呀，怎麼了？沒事吧？」

「沒、沒事，什麼事也沒有……」

KIDO虛弱地回答彩花阿姨的話。

可能是注意到她完全不是沒事的模樣，彩花阿姨問「擔心姊姊嗎？」並摸了摸KIDO的頭。

然後令人驚訝的是，KIDO的表情瞬間緩和下來，脫口說出了「沒有……」這句溫馴的話。

果然，那個手掌肯定擁有某種特殊能力吧。

我們至今一直待在玄關磨磨蹭蹭，最後總之決定先進到家裡再說。

走進走廊，爬上二樓，靠樓梯的前方出現了一扇門，上面掛著「兒童房」的牌子。

「總而言之，從今天開始，我想把這裡做為你們的房間。」

彩花阿姨邊說邊打開房門。這個房間遠比我們當初那個令人厭惡的「107號室」要大得多，採光也十分充足。

「哇啊……」SETO發出了感嘆。

仔細一看，SETO的眼睛正在閃閃發亮，似乎在想像著將來住在這裡的生活。

我們噠噠噠地進入房間後，各自東張西望地看著自己感興趣的東西。

塞滿了各種玩具的櫃子、特攝英雄相關書籍多得異常的書櫃……每一項物品都讓我們的內心雀躍不已。

「哎呀～你們看起來好像很喜歡這裡，真是太好了！那麼，在姊姊回來之前，大家先在這裡一起玩吧？」

彩花阿姨這麼說完，對我們笑了一下，然後關上門。

兒童房裡只剩下我們三個。

這時，對於「姊姊」的不安突然襲來。

彩花阿姨在場時明明沒有這種感覺，但之後馬上就要見面，心裡果然還是很不安。

我不經意地看向兩人，不出所料，他們似乎跟我一樣，只見兩人各自蹲坐在地上，看著地板不斷發抖。

但是現況又不允許我們三個聚在一起討論「該怎麼辦～」之類的話題。

現在，只要找她說話就會揍人的KIDO在場。不能冒這種險。

尷尬的沉默時光漸漸流逝。我們真的有辦法就這樣在這個家裡順利生活下去嗎？

SETO一直偷偷瞄向我這裡。難道是要我做些什麼嗎？可惡。

「……我去一下廁所。」

因為不安與沉默而感到坐立難安的我，如此說道並決定離開房間。

關上門的那一刻，ＳＥＴＯ傳來了「不要留下我一個人！」的熱切視線，但我還是肝腸寸斷地把門關上。

心裡敷衍地暗想著「ＳＥＴＯ加油！」之後，反正不管被說什麼都會有點那個，所以我決定姑且先朝著廁所前進。

沿著走廊走了一小段距離，便發現了寫著「Ｗ／Ｃ」的門。雖然不知道英文的意思，不過我至少知道那裡就是廁所。

我走進廁所，「呼」地嘆出一口氣。廁所這種地方，為什麼有辦法讓人這麼平靜呢？

可能有部分原因在於我不是住在單人房，所以能夠一個人冷靜下來的地方，就只有廁所也說不定。

想到這裡，一股悲傷的感覺突然竄了出來，不過我放棄了繼續深入思考。

但是，將來該怎麼辦呢？

就算回去，現在那個房間的氣氛也只有糟糕二字可說。

然而話雖如此，一直躲在廁所裡面，也只會讓這個家裡的人多擔無謂的心吧。

到底該怎麼辦才好？

「我回來了——！」

這時，突然傳來了隔著門板也能輕鬆聽見的巨大喊聲。

聽到這個聲音，我的心臟立刻猛烈一跳。

接著又傳來了一串氣勢十足的咚咚咚咚腳步聲，才剛聽見打開房門的喀嚓聲，隨後又安靜了下來。

就算不開門確認，也能想到是「姊姊」回來了。

從聲音聽起來，似乎是個非常有活力的人。應該不是那種陰沉又滿肚子壞水的類型。

等等，說不定其實是個壞心眼的人……

……不對，我到底在想什麼啊。

到目前為止，我們一直都被那些明明沒有接觸過的人判斷為「惡」，一路受人厭惡過來，不是嗎？

但是現在卻想用聲音來臆測一個人，真是太差勁了。

沒有實際見面就無法了解。那就是認識一個人最好的辦法。

我說了聲「好！」，下定決心，離開廁所。

從那個聲音聽起來，「姊姊」回家之後似乎立刻衝進了兒童房。

也就是說，SETO和KIDO大概已經和「姊姊」見到面了。

雖然有點不安，不過那兩人應該沒問題。

就算會因為緊張過頭而結結巴巴，不過應該不會突然口出惡言或是問出奇怪的問題吧。

也有可能意外地意氣相投，聊得正開心也說不定。

我一邊想東想西，一邊來到兒童房的門前。

做個小小的深呼吸，然後握住門把。

當我正準備開門的那一瞬間，房間裡傳來了一聲聽起來相當愚蠢的「嗚呃！」慘叫聲。

……等等。

這個聲音，我曾經在什麼地方聽過耶。

記得是很久以前……在公園……

想到這裡，我察覺到一個天大的問題，猛烈打開門。

果不其然，第一個進入眼中的，是一個蹲在地上的女生身影。

這個女生發出了「呃嗚嗚……」的呻吟聲，很痛苦似地翻滾著。

站在旁邊的ＫＩＤＯ，接連看著蹲在地上的女孩和我的臉，像是說夢話般低聲說著：

「為、為什麼揍下去也沒有恢復原狀……為什麼有兩個ＫＡＮＯ……」

看到這一幕，我迅速關上了門。

然後再用盡全力衝刺回到廁所，把門鎖好，跪倒在廁所地板上。

「沒有這樣的吧，神啊……」

太糟糕了。

明知道對著根本不知道是否存在的神明抱怨，一點用也沒有，然而我還是忍不住哀嚎了出來。

有誰會預料到這種事情呢？

「姊姊」竟然就是當初在公園碰到的那個女孩。

這真的是驚人的偶然。這種事情真的會發生在這個世界上？不對，不如說到底是誰讓這種事情發生的？快滾出來！我絕不原諒你！

不對。如果真的只是這樣，說不定還能用一句「哎呀，偶然真不得了呢」輕輕帶過。

但是女孩剛剛那個模樣，完全就是吃了ＫＩＤＯ一記猛擊的樣子。因為是我說的，所以絕對不會有錯。

想像一下，那名女孩一衝進房間，肯定是喊著「我是姊姊喔～」進行自我介紹吧。

面對未來即將成為姊弟或是姊妹的我們，她的行動真的一點也不奇怪，對我們來說甚至非常幸福。

但是她那充滿關愛的行動，從ＫＩＤＯ的角度來看瞬間變得醜惡不堪。

明明是如此不安地等著「姊姊」回來，我這個現在進行式中的吵架對象，竟然變成了平常一直變身的女生樣貌，一邊喊著「我是姊姊喔～」這種莫名其妙的話，一邊衝進房間。

呃……

「……這一定會揍下去的吧。」

像是把我的低語掩蓋過去一般，咚咚咚咚！響起了激烈的敲門聲。

隨後又是一陣喀嚓喀嚓，有人粗魯轉動門把的聲音。

「呀啊啊啊！」

我忍不住發出慘叫。

「你在裡面對吧。出來。快點。」

ＫＩＤＯ說得十分淡漠，但是聽在我的耳中，根本是「我要宰掉你」。

等了一整個星期期待能跟ＫＩＤＯ說話，想不到竟然會在這種狀況下等到，這個世界真的沒天理到了極點。

「我、我肚子有點痛……」

「好。現在立刻讓你解脫，快點出來。」

「噫噫！饒、饒了我吧……！我根本沒想到事情會變成這樣……」

我實在太過害怕，用了自己人生當中最丟臉的聲音這麼回答。

隨後「砰！」的一聲，響起了幾乎要把門敲壞的巨響。

察覺到「啊，我已經逃不掉了。要是吃了這一記，大概會死掉吧」的我，萬念俱灰地打開了門。

無須多說，KIDO的表情就是徹頭徹尾的憤怒。

「有什麼遺言嗎？」

「……那麼最後就讓我說一咕喔啊！」

明明才說到一半，KIDO猛烈的一拳已經先擊中了我的心窩。我不由得癱倒在廁所地板上，一拳擊倒。

……既然這樣，為什麼要問我有沒有遺言啊？

啊啊，意識正在逐漸遠去。

SETO啊，就算我不在了，你也要努力不輸給KIDO，堅強地活下去喔。

「……咦？你是……」

遠方傳來了某人的說話聲。到底是誰呢？

「果然沒錯！是之前在公園見過的人！嗚哇～真的好巧喔！」

即將消失的意識，被女生的聲音喚回到這個世上。

我連忙忍痛坐起身來，剛剛蹲著的女生正面帶笑容低頭看著我。

中等長度的黑髮，漆黑的眼睛。

和那天完全一樣的女孩身影，就在這裡。

「好久不見了！你還記得我嗎？」

這個模樣、這個聲音、這個氣味，我連一天都不曾忘記過。

原本以為在那句「明天再一起玩吧」之後，就再也不可能見到面了，沒想到會以這種形式再會……

……哎，雖然地點在廁所實在有點怪就是了。

「啊，妳、妳的肚子……」

KIDO可能很在意自己揍了人家，一臉擔心地摩擦著女孩的肚子。

「嗯？沒事啦！沒事～～！因為我有在鍛鍊呀！」

女孩這麼說，接著又「嘿嘿」地挺起胸膛，補上一句：「我在大部分的狀況下都死不了啦！」

「不過真的嚇了我一跳！因為突然被人揍一拳呀！哎呀～～妳有好厲害的必殺技呢！」

說完，女孩咧嘴一笑，摸了摸ＫＩＤＯ的頭。

ＫＩＤＯ一邊露出難為情的表情，一邊回答「對不起……不過這全是ＫＡＮＯ的錯」若無其事地把所有錯都推到我身上來。

「啊，妳剛剛也這麼說吧？那是什麼意思？」

女孩邊說邊歪過頭。

「沒、沒有啦！不是這樣的！其中有非常深刻的理由……」

心懷罪惡感的我，忍不住說出了敷衍的話語。

「深刻的理由？喔～～感覺真有意思……」

而且還因為不小心說出了「深刻的理由」，讓女孩越來越感興趣了。

女孩一副興致高昂的模樣，盯著我的臉看。

她的身影、聲音和氣味，都再一次地告訴我，我腦中的女孩和眼前的女孩是同一個人。

這麼說來，為什麼這個女生的身影，能在一瞬之間便停留在我的腦中呢？

當初記住貓咪身形的時候，明明花了很長一段時間。

當我又是「呃」又是「哎呀～～」地表現出曖昧不明的態度時，女孩像是等得不耐煩似地說「嗯～～算了」，然後笑了笑。

「別說這個了，先來自我介紹吧！自我介紹！好嗎？」

女孩說完後立刻轉身，咚咚咚咚地跑回房間去了。

看到這一幕，KIDO朝我瞄了一眼，說了「先說一聲，我可沒有原諒你。待會兒給我好好解釋」這句嚴苛的話，接著跟在女孩身後而去。

KIDO似乎還是一樣敵視著我。

估計著她們都走進房間之後，我先重重嘆了一口氣，隨後跟著回房。

＊

回到房間後，我先大致地安撫了ＳＥＴＯ一下。
ＳＥＴＯ含淚說著「我還以為你真的會被殺掉」，我想自己大概只是運氣好而已。
打中的地方再糟一點的話，一不小心可能已經死了。

在女孩的指示下，我們三人坐成一排，她則是坐在對面，變成了面對面的狀況。

「那麼，開始自我介紹吧。」
女孩像是「我等這一刻很久了！」似的，呼吸異常急促。
「我是ＡＹＡＮＯ。楯山文乃（Tateyama Ayano）！請務必叫我姊姊喔！」
和剛剛彩花阿姨的「不一定要叫我媽媽～」正好相反，自稱ＡＹＡＮＯ的女孩這麼說，用力挺起了胸膛。
「我、我是木戶蕾（Kido Tsubomi）。請多多指教。」
ＫＩＤＯ接著自我介紹，並輕輕笑了一下。
坐在旁邊的ＳＥＴＯ看到這個狀況，馬上露出了鴿子被彈弓打到似的吃驚表情。
ＫＩＤＯ竟然露出了連我們都很少看到的和藹可親表情，而且還這麼輕易地說出了當初一直不願意告訴我的名字，驚訝也是情有可原。

我強壓下自己說出「明明是KIDO卻這麼坦率」這句話的衝動，感覺不是很愉快地看著這一幕。

然後輪到SETO說出「我是瀨戶幸助……」這段極短的自我介紹。

不過他也算是正常地說出話來，以SETO來說，已經很努力了。

我們剛見面的時候，SETO別說是自我介紹，光從床上下來就花了好幾個小時。

這麼一想，他也成長了不少呢。令人佩服。

最後，由我自我介紹：「我是鹿野修哉，請多指教。」

結果先前一直「嗯、嗯」地點頭聽著前兩人自我介紹的女孩，笑著開口說：「終於知道你的名字了。」

我覺得自己的臉好像快要變紅，只好低下頭回答：「嗯，是的。」

「那麼～～！現在大家都已經把名字告訴我了，差不多可以～～……」

自我介紹一結束，女孩便開始坐立難安起來。

看她的樣子，讓我們三人一起疑惑地歪過頭去。差不多？差不多可以做什麼？

從語氣來看，她當初可能預定了某些計畫，但是光看她的樣子，實在沒辦法掌握到她真正的心意。

我們默默等待她說出下一句話，結果一直倉皇失措的女孩，說出讓我們跌破眼鏡的話：

「差不多可以……叫、叫我姊姊了吧？」

女孩邊說邊盯著我們看。

「相、相反的，也可以叫我大姊喔？」

說完，女孩繼續地不時張望著我們。相反的到底是指什麼？

什麼啊，原來是這麼一回事嗎？

簡單來說，就是希望我們這群新的兄弟姊妹叫她「姊姊」嘛。

轉頭一看，SETO已經愣住了，而KIDO似乎正在思考些什麼，感覺考慮著各式各樣不同的考量。

不過才過一會兒，她馬上「嗯」了一聲，叫了女孩一聲「姊姊」。

被稱呼為姊姊的女孩似乎極度高興，喊了聲「蕾～～！好可愛好可愛！」摸了KIDO

的頭好一陣子，隨後立刻轉頭看向我和SETO。

她閃閃發亮的眼睛裡，寫著「接下來輪到你們叫姊姊了！」我和SETO都被那股壓迫感搞得狼狽不堪。

「怎、怎麼了？是姊姊呀？快點……」

邊說邊逼近的女孩，表情認真到有點恐怖。

SETO再也受不了了，大喊出一聲：「姊、姊姊！」

很明顯是以「早死早超生」的感覺說出來的話，不過女孩似乎一點也不在意，邊說「多多指教喔～～！幸助～～！」邊摸著SETO的頭。

SETO意外地露出了幸福的表情。

現在只剩下我一個人了。

女孩的眼睛緊盯著我，再次一步一步地逼近而來。

哎，其實只要喊出來就沒事了，但是老實說，我一直覺得這個女生跟我「同年」或是「小一歲」，所以有著相當強烈的不協調感。

只是女孩根本沒有察覺我的想法，持續說著「快點～～是姊姊喔～～」然後一直逼近到眼前。

算了。認命吧，我也一起這麼叫吧。雖然有不協調感，但是只要說出口，也不是什麼太困難的事。

「姊……姊。」

當我這樣開口呼喚女孩的瞬間，心裡似乎有某個東西響起嘶的一聲潛了下去。

至少在我試著叫她姊姊之後，我的腦子似乎也開始把眼前這個女孩視為「姊姊」了。

聽到我的話，女孩似乎有些吃驚地眨了眨眼，說出「姊姊。原來有那種啊」這種莫名其妙的話。

到底在說什麼啊？我愣了一下，結果女孩又說「嗯。也好！請多指教喔，修哉。」然後摸了摸我的頭。

這就是我眼前的女孩，成為我心中的「姊姊」的那一刻。

被姊姊摸頭，和剛剛被彩花阿姨摸頭的感覺不同，有種心癢的感覺。

因為實在太害羞了，我想假裝若無其事地躲開，結果姊姊立刻氣鼓鼓地說：「你剛剛躲了對吧～～」

這個嘛，在大家面前被摸頭，感覺很丟臉耶。當然會想躲啊。

「再一次。」

姊姊這麼說並伸出手。不知為何，我無法違抗皺起臉的姊姊。

當姊姊還是「女孩」的時候，我應該有辦法不著痕跡地躲開，可是一想到她現在是姊姊，就突然沒辦法辦到了。

認命地湊了過去，姊姊立刻說著「好乖好乖～」在我頭上摸來摸去。

我因為實在太丟臉而全身僵硬，結果馬上看到一旁的ＫＩＤＯ露出了奸笑。

……這到底要持續到什麼時候啊？

這時候的我，心裡希望能夠快點結束，但同時也希望永遠持續下去。

現在回想起來，我可能是在姊姊身上，感受到當初灌注在媽媽身上的感情。

因為打從那一天、那個時候開始，直到「最後的最後」那一刻，我連一次都沒辦法違抗姊姊。

某一天在道路上

我走在昏暗的夜路，朝著家裡默默前進。
不論是熱還是冷，都感覺不到。
簡直像是所有感官都錯亂了一般。

最後看到姊姊時，她的身影和濃稠的橙色一起深深烙印在我的眼中。
從此以後該往什麼地方去、要做些什麼事，我全都已經不知道了。

至少，我必須依照那條蛇所說的話做。
如果不照做，剩下的兩個人就會遭受殘忍的對待。
那條蛇說的是「殺死」。如果我沒有遵守諾言，牠一定會用冷酷無情、慘絕人寰的方式，實現牠所說的話。

我已經連擅自尋死都辦不到了。

但是我也不能把這件事情告訴大家。

如今只有那條蛇留在我心中的話語，轉化成我移動蹣跚腳步的原動力。

「呼……呼……嗚哇！」

腦袋一片迷糊，踩著搖搖晃晃的步伐前進，結果絆到了腳，我整個人跌倒在地上。

膝蓋狠狠地撞在水泥地面上，立刻傳來一陣劇痛。

「唔……！」

我扶著電線桿站起來。

這麼說來，回到家之前，我必須恢復成原本的樣子。這樣或許正好也說不定。

要是一直保持著姊姊的模樣，那條蛇又會……

……我到底在做什麼啊。

最喜歡的姊姊都死了，為什麼我還要假扮成姊姊的屍體，被人喀嚓喀嚓地隨意拍照呢？

這樣實在是太過分、太殘酷了。

明明只要殺了我就行了，為什麼不這麼做？

「混蛋……混蛋……」

好懊惱，好可恥，什麼也辦不到。

我到底該怎麼辦？誰來救救我，誰來……

「AYANO……？果然沒錯，這不是AYANO嗎？」

朝著聲音來源看去，如月SHINTARO的身影就站在街燈的昏暗燈光下。

「妳怎麼了，為什麼在這裡？」

奇怪。我明明感覺到疼痛了，為什麼沒有恢復成原本的樣子？

……慘了。太糟糕了。竟然正好碰上這傢伙……

「怎麼了？身體不舒服嗎？……啊，妳是因為那個吧。課後輔導的時候被老師說了什麼嗎？真是的，都是因為妳平常不認真念書才會發生這種事情啊。難得我前陣子教了妳這麼多……」

「……閉嘴。」

「什、什麼嘛……不必這樣瞪我吧……？」

我一把推開如月ＳＨＩＮＴＡＲＯ，往前走去。

「喂！妳到底是怎麼了！感覺不太對勁耶！」

聽到如月ＳＨＩＮＴＡＲＯ的話，最後我回過頭去，如此說道。

「全部都是你的錯。都是因為你什麼也沒發現。」

夜話DECEIVE S

夜晚已經近在咫尺了。

窗外，太陽被長方形的大廈逐漸吞沒，然後在我眨眼這一瞬間，留下昏黃的微光，消失無蹤。

背對著橙色夕陽的住宅，終於開始裹上漆黑的外衣。事到如今，再也沒有人能夠阻止夜晚降臨了。

對。這是這個世界的法則，打從一開始就不存在任何情分。

當然，時光無法倒回，也不會加快。不論哪個人死去、哪個人活下來，都會以恆久不變的速度持續旋轉。這就是世界。

直到現在，呆呆望著窗外的我才更加深入體會到這件理所當然的事。

我維持著仰躺姿勢，將視線移開窗戶，朝著旁邊轉了過去。

映入眼中的書架，上面整整齊齊地排列著已經有好一陣子沒看的特攝英雄相關書籍。

上一次在心裡想像著那些書中大肆活躍的英雄，然後玩假扮英雄的遊戲，是什麼時候的事呢？

假扮成祕密組織的成員在附近到處亂跑，又是什麼時候的事呢？

越是回想，就越覺得這幾年真的發生了很多很多事。

嘗試著上學卻無法融入，結果最後努力全部白費的時候，我們三個人懊惱地哭了一整個晚上。

爸爸和媽媽特地為我們買好的筆記用品、教科書、學生制服，全部都糟蹋掉了。對此我們真的覺得很抱歉。

特地對我們說了「去加油吧！」但是卻沒有辦法回應，真的非常讓人懊惱。

記得應該就是那段期間，ＳＥＴＯ再也受不了自己的能力，試著想要離開城市。

原本以為他只是跑出去，結果到了晚上也沒有回來，一時之間我們還真的不知道該怎麼辦才好。

我們當然是全家總動員去找他了，不過實際上最辛苦的，應該是不斷安慰著中途開始大哭的姊姊吧。

隔天，SETO回來了。聽到他開口第一句話就是「我遇到一個可愛的女生」的時候，真的讓人氣不起來，直接傻眼了。

毫不意外，SETO當然是被KIDO狠狠揍了一頓。但是神奇的是自從那件事之後，SETO的能力就比較不常爆發出來了。

這會是他在某個不知名森林裡碰到的「可愛女生」的功勞嗎？

最近他們的感情好像也很不錯，可是卻始終不願意介紹給我們認識，這或許、搞不好是那種意思也說不定。

和以前相比，KIDO也變得柔和不少。不知不覺當中，她也很少為了能力而困擾了。

她曾經自豪地說出「我掌握到訣竅了」，不過KIDO能夠隨心所欲地出現消失，其實多少有點麻煩。

之前和SETO聊些微不足道的無聊話題時，旁邊突然傳來一句「那是什麼意思？」的時候，我真的以為自己會心臟麻痺。

這麼說來，SETO和KIDO之間頻繁發生的「敬語問題」也在SETO的努力之下，好不容易在最近宣告終結。

KIDO之所以討厭敬語，好像是因為過去同住的家人曾為了敬語嫌棄她，而KIDO的說法則是「不希望朋友對自己用敬語」。

自從聽過KIDO的故事之後，SETO終於開始認真糾正自己說敬語的習慣，最後卻不知為何變成了詭異的說話方式。

最近已經開始習慣他那奇怪的說話方式了，但是心裡終究覺得有點落寞。

不過，SETO和KIDO的感情變得比以前更好了，所以這樣應該沒關係吧。

兩人想要改變，於是就改變了。

至於沒有任何改變也不想改變的人，可能只有待在房間正中央像這樣無所事事的我吧。

以前也曾經像現在這樣，一整天什麼都不做，只待在房間裡面想東想西。

那是媽媽她……不對，是「生下我的媽媽」死掉的時候。

那個時候，我真心認為自己會一輩子過著這種像是在半熱不冷的溫水裡漂蕩的生活。關於「幸福」這種東西，根本連想都不敢想。

可是實際上又是如何呢？

我獲得了新的父母，還有新的兄弟姊妹，之後得以過著每天歡笑的生活。

這實在是太奇妙了。原本還以為是這個世界正對著一直努力至今的我們說「去獲得幸福吧」。

一個月前。

直到「扶養我的媽媽」，也就是彩花阿姨去世之前，我是真的真心想著這種愚蠢的事。

「……為什麼事情會變成這樣？」

我忍不住低聲埋怨起來。

如果世界有耳朵的話，我就可以說出這種抱怨了吧。

不，那是不可能的。就算有，我大概也不會抱怨，而是直接扯下它的耳朵吧。

如果世界會「思考」，那我應該會把它的腦漿挖出來丟到地面上，然後用腳踩爛吧。

越想越覺得怒火中燒，幾乎就要脫口開罵。

我到底是做了什麼？

接受了「世界上的一切」，為了「沒天理」而強忍淚水，為了「不合理」而咬緊牙關，最後好不容易才得到了「幸福」，卻又變成這樣。

為什麼總是這麼輕易地奪走我的東西？

世界這個玩意兒，難道就連我獲得一點點的幸福都看不慣嗎？

創造出這種垃圾一般的世界的人，到底是誰……

「你在沮喪什麼？」

突然傳來的聲音，讓我嚇得坐起身。

仔細一看，身穿厚棉上衣搭配運動服的ＫＩＤＯ，正低頭看著我。

過去毛毛躁躁的短髮已經留到肩膀位置，徹底變得像個女孩子了，但是ＫＩＤＯ的表情還是一樣冷酷無情。

「妳、妳在啊？」

她是什麼時候開始這樣低頭看著自己的？基於ＫＩＤＯ的能力，這個問題相當難回答。

「怎麼這麼沒精神？」

KIDO仍然面無表情，不過似乎是在為我擔心。

發現這一點後，我趕緊在臉上貼上了「笑容」。

「沒事沒事！我並沒有沮喪啊？反而超有精神的呢！啊，難道是因為我一個人睡所以妳在擔心？KIDO還真是可愛呢～～……好痛！」

當我繼續不正經地說話時，KIDO突然伸手搥了我一拳。

「妳、妳幹嘛突然打人啦！」

我一邊壓著刺痛的頭一邊大叫，KIDO則是緩緩地開口說：

「……果然在哭嘛。你這騙子。」

聽KIDO這麼一說，我突然驚覺。

貼在臉上的「笑容」消失了。因為疼痛，所以欺騙的能力解除了。

「嗚……」

隱藏在笑容底下的真實表情，看起來到底是什麼樣子呢？

自己哭泣的臉意外曝光，我忍不住低下頭去。

「沒、沒有沒有！我才沒有哭呢！哎呀，真是的……」

因為這一點點的痛楚就解除掉，還真是沒用的能力。

我連忙擦掉眼淚，試圖掩飾，不過被人看到自己哭臉的事實已經無法改變，這只是個毫無意義的動作。

KIDO重重嘆了一口氣，隨即蹲下嘟噥了一句「笨蛋」。

「笨、笨蛋是……」

相對於根本說不出第二句話的我，KIDO以乾脆俐落的口氣說了起來：

「你根本沒必要勉強自己。做出這種事情是不行的喔。」

KIDO這番話實在再正確不過了。這個樣子，簡直就像是在說「請擔心我」一樣。

「……對不起，是我不對。」

因為想不出脫罪的理由，所以我老實道歉。

這一個月，KIDO應該也是在哀痛欲絕的心情當中度過的。實際上，我也看過她哭了好幾次。

明明沒有任何餘力可以用來擔心我，我卻讓她做出這種勉強自己的事情。我真是個大笨蛋。

「因為KANO是笨蛋，沒辦法，就原諒你吧。」

聽到KIDO嘟著嘴說出這句話，讓我稍微感到安心。

「以後我也會繼續揍你的。」

然後一瞬間徹底變得不安。看來我沒辦法活得太久啊。

「啊哈哈……話說妳來幹嘛？有什麼事？」

「啊，對了。姊姊已經準備好晚餐了。爸爸和SETO在等喔。」

KIDO邊說邊指向門口。

「咦？大家都回來了嗎？哇啊啊，對不起對不起，我馬上過去！」

我邊說邊站起身，而KIDO也輕輕哼了一聲，嘴裡說著「真是麻煩的傢伙」然後站了起來。

這一點我同意。我自己也是這麼想的。然而KIDO雖然不擅言詞，不過總是在最重要的時候特別溫柔。

啊啊，我怎麼會又誤會了呢。我明明還是這麼幸福啊。

和當時變成孤單一人的時候不同，現在我身邊還有願意出手揍我的溫柔好人啊。

一定要活下去。一定要獲得幸福。

如果我變得不幸，所有的家人也會一起變得不幸的。

……沒錯。怎麼能放任這個世界隨便亂來！一定要活下去，活下去，絕對要獲得幸福。

「今天的晚餐啊～如果可以不要再出現驚悚的東西就好了。」

「應該沒問題。雖然有些怪味。」

「真、真的假的……呃，我不會做菜，所以沒資格抱怨啦。不過ＫＩＤＯ妳很會做菜啊，偶爾也希望換成妳來做之類的……」

「那倒是沒問題，只是姊姊堅持要自己做又不聽勸，我也沒辦法。」

我和ＫＩＤＯ一邊這樣聊著天，一邊朝著家人等待的餐桌前進。

一如預料，晚餐的味道有點奇怪，但是這一天，我久違地和家人談笑著。

＊

春季的某一天。

我來到家裡附近的一座小公園。

因為今天早上，姊姊對我說「有件事想討論一下，在公園等我」。

在零星四散的遊樂設施中，我選擇在盪鞦韆上坐下，沒有特別要做什麼事，只是仰望著毫無變化的平靜天空，

哎，我也已經習慣姊姊突然說出一些奇怪的話了。不對，不如說光是像現在這樣有著明確的內容，就已經讓人謝天謝地了。

畢竟之前姊姊說出「一起去做有趣的事吧！」時，我可是被迫陪她抓蟲抓到半夜啊。

相形之下，「在公園討論」這種小事，實在輕鬆太多了。當然，如果這真的是只要說說話就能解決的事情的話。

但是，特地把我叫來公園，到底要說什麼呢？難道是那種不能隨便說出口的話嗎？

這麼說來，姊姊最近心情似乎相當低落。

姊姊原本是個可以用「超級」二字形容的樂天人士。如今連這樣的姊姊都變得心情低落，表示今天的談話內容應該會是造成這個狀況的起因吧。

對了，聽說升上高中之後，課業變得困難許多，說不定她要說的是這個……

不對，若真是這件事，照理說她根本不用跟我討論。這種事情只要和爸爸討論就好了。

既然如此，會是課業以外的高中生活煩惱嗎？對，例如……

「……戀愛之類的。」

明明是自己說出口的，我卻突然開始慌張起來。

不，唯獨姊姊是不可能碰上這種問題的。她就像是用特攝英雄戰隊和少年漫畫相關知識所堆積起來的一個人啊。

她不可能擁有那種少女漫畫風的想法。不，絕對不可能。嗯，不可能、不可能……

「欸？絕對不可能吧？」

我忍不住從盪鞦韆上站了起來。吊在坐板兩側的鐵鍊鏘啷地發出誇張的聲響。

不，其實這種事情是姊姊的自由，所以我當然知道自己沒有資格開口干涉。

只是，如果姊姊真的和別人談戀愛了，該怎麼辦？

如果對象是個來路不明又沒用的傢伙，該怎麼辦？

……血祭他！

一定要動員全家，把那個人揍到體無完膚。

尤其是被爸爸知道的話，那才會是真正的地獄圖。

那個男的，肯定會變成打從一開始就不存在於這個世上吧。當然我也會提供一點幫助。

可是如果，如果……

如果姊姊真的有這種煩惱，而且又想找個人討論一下的話。

SETO一定會害羞到派不上用場，至於KIDO就更不用說了。

如果把爸爸排除在外的話，就只剩下一個家人了。

「……也就是我嗎？唔呃呃……好困難啊……」

雖然只是隨意推測，但莫名的具有真實性。

聽說升上高中後，交上一、兩個男朋友，是非常普通的常態。不，說什麼一、兩個啊，

別開玩笑了！絕對不允許！

不過其實我沒有任何可以否定的東西存在。

就算姊姊真的跳出來說「我談戀愛了～～」，那也沒有什麼好奇怪的。
這麼說來，姊姊之前說過她「交了一個好朋友」。
記得那傢伙去年也有去那個辦了「詭異射擊」活動的校慶嘛。
而且進入高中之後好像也是同班。
也就是說——
「……是那傢伙嗎？」
對於一個單純的假想敵，我徹底露出了「獵人的眼神」。
你有種就對姊姊出手看看。出手那天肯定把你……

「對不起～～我來遲了～～」
隨著一聲有朝氣的喊聲，姊姊手忙腳亂地出現了。她身上穿著冬季制服，像平常一樣圍著圍巾的模樣，已經在不知不覺當中完全變成高中生了。
我把自己的臆測暫時收進腦袋深處，回應姊姊。
「怎麼了，姊姊。妳大可不必這麼趕啊。」
「沒有啦～～只是覺得讓你等這麼久很可憐。」

姊姊邊說邊不好意思地「嘿嘿」一笑。
這天真無邪的個性和以前一樣完全沒變，但是成為高中生的姊姊，似乎更加成熟了。
雖然可能是出於自家人的偏愛，但我真的覺得這麼好的女生實在不多見了。
「突然把你叫出來真是對不起啊～」
「沒關係啦。反正平常總是這麼突然啊。所以要跟我討論什麼？」
「啊，嗯。那個……」
我這麼一問，姊姊似乎有點不知該怎麼回答。
我默默等待，但是姊姊卻始終不開口，最後甚至整個人消沉下去。
「怎、怎麼了？」
「沒有啦，只是有點難以啟齒而已。在想『要從哪裡開始說起好呢～』這樣。」
姊姊這麼回答，試圖掩飾。但是看起來果然還是悶悶不樂。
剛剛在腦中發展的種種臆測，現在又開始漸漸冒出來。
「什、什麼，是這麼嚴肅的話題嗎……？」
該不會真的是跟男人有關的話題吧？我開始有點坐立難安。而姊姊像是終於下定決心，
緩緩開口說道：

「……沒有……啦。只是我知道了，媽媽她……死掉的理由。」

「啊欸？」

和我的準備方向完全不同的另一個話題，使我發出了奇怪的聲音。

「媽媽她啊，當初不是因為被捲入土石流才死的嗎？」

姊姊微微垂下視線，接著這麼說道。

我的新媽媽……彩花阿姨的工作是研究民俗學和考古學等學問的「考古學家」。

這項特殊的工作，讓她很少待在家裡，總在外面四處奔波。

那一天也是為了進行某項調查，所以才和爸爸一起前往某個地方才對……

「那一天不也是跑去做了某些調查嗎？我也是這樣聽說的……」

「嗯，那是真的沒錯……啊，要不要找個地方坐下？這雙鞋子，我還穿不太習慣。」

說完，姊姊輕輕踢了踢皮鞋的鞋尖。

我們總之先在附近的長椅坐下，然後繼續這個話題。
「你看看這個……」
姊姊邊說邊從背包裡拿出一本筆記本。
筆記本並不舊，但是似乎寫了很多東西，書頁角落位置都皺巴巴的。
封面上寫著一排整齊的手寫文字「關於『怪物』的調查紀錄」。
「這個『怪物』是什麼……話說回來，這是媽媽的東西嗎？為什麼還有這種東西……」
我準備伸手接過，但是姊姊卻猛地把遞出來的筆記本又收了回去。
「哇！做、做什麼啊。是不可以看的意思嗎？」
「等、等一下！對不起……」
姊姊這麼說道，把筆記本緊緊抱在腹部前。
仔細一看，才發現她一直在發抖，眼角也浮出些許淚水。不管怎麼看都和平常不同。
「怎麼了？是不是哪裡不舒服……？」
我輕撫著她的背，姊姊虛弱地回答：「唔，對不起啊。」
「不是身體不舒服。只是有點害怕……」
從剛剛開始她就一直用這種讓人焦急的說話方式，使我的腦袋開始混亂起來。這本筆記裡到底寫了什麼恐怖的東西？

封面寫著「關於『怪物』」這種危險標題，所以可能性相當高。

姊姊為了讓自己冷靜下來，做了兩三次大大的深呼吸之後，重新開始說了起來。

「對不起啊，我好像有點像在吊你胃口。我是打算讓修哉也看看這本筆記本的……在開始看之前，我可以先說些話嗎？」

姊姊窺探著我的眼睛說出這句話。可以從她的眼睛裡，感受到某種堅定的覺悟，以及堅強的意志。

「那當然。妳說什麼我都聽。」

我這麼說完，姊姊露出了有點悲傷的表情回答了一聲「謝謝」，然後進入正題。

「修哉你還記得嗎？小的時候，大家曾經一起玩過『祕密組織』的遊戲。」

「嗯，記得啊。大家玩的時候都穿著連帽外套嘛。記得名字是……」

「……『目隱團』。」

我正試著回想的時候，姊姊口中先說出了那個讓人懷念的名字。

沒錯。我們小時候的遊戲總是扮演「祕密組織．目隱團」。

「大家的『眼睛之力』，是我們四個人的祕密對吧？隱藏自己的眼睛……目隱團。現在回想起來，這名字可能有點讓人難為情呢。」

說出這句話的姊姊露出了害羞的表情。

可能真的是這樣沒錯。就算是客套話，大概也無法說出這是個帥氣的名字吧。

可是，我很喜歡這個名字。

儘管現在才有辦法這麼想，不過當初姊姊把我們受人畏懼、厭惡的「眼睛」，加工成一場遊戲並隱藏起來的成果，就是目隱團。

自稱為團長，為了讓我們方便隱藏「眼睛」而準備了連帽外套，並讓我們露出笑容的人，不是別人，正是姊姊。

不過，為什麼現在要提起那件事呢？我現在還猜不到這個話題最後會發展成什麼樣子。

「為什麼又提起這個呢？和姊姊想討論的事情有關嗎？」

「……嗯。」

姊姊這麼說完，又做了一次大大的深呼吸，然後再次緩緩說了：

「媽媽她啊，其實打從一開始就知道大家的『眼睛之力』了。而且也知道大家因為那個而吃了很多苦。」

「咦？騙、騙人的吧！我們已經拚命隱瞞了！只為了絕對不被趕出這個家……！」

「我知道，我知道，我知道啊。可是媽媽她其實是試圖從『蛇的力量』之下幫助大家……我……我完全不知道這件事……」

姊姊一說完，眼淚就掉了下來，在乾枯的地面上接連製造出小小的圓形水漬。

她沒有試圖擦掉眼淚，就這麼用力抱緊筆記本，發出了嗚咽。

「現在發生嚴重的事情了……怎麼辦……大家說不定都會死掉……！」

我毫無力量可言。

面對不斷嗚咽哭泣的姊姊，我什麼話都說不出來。

甚至無法了解如今突然被攤開在眼前的現實。

對，我什麼都不知道。

不論是被稱為「怪物」的可悲存在，或寄宿在我們身上的「詛咒」，還有爸爸的事……

那個時候，殘留在我們手中的少許「幸福」，其實早已腐爛到無可救藥的地步了。

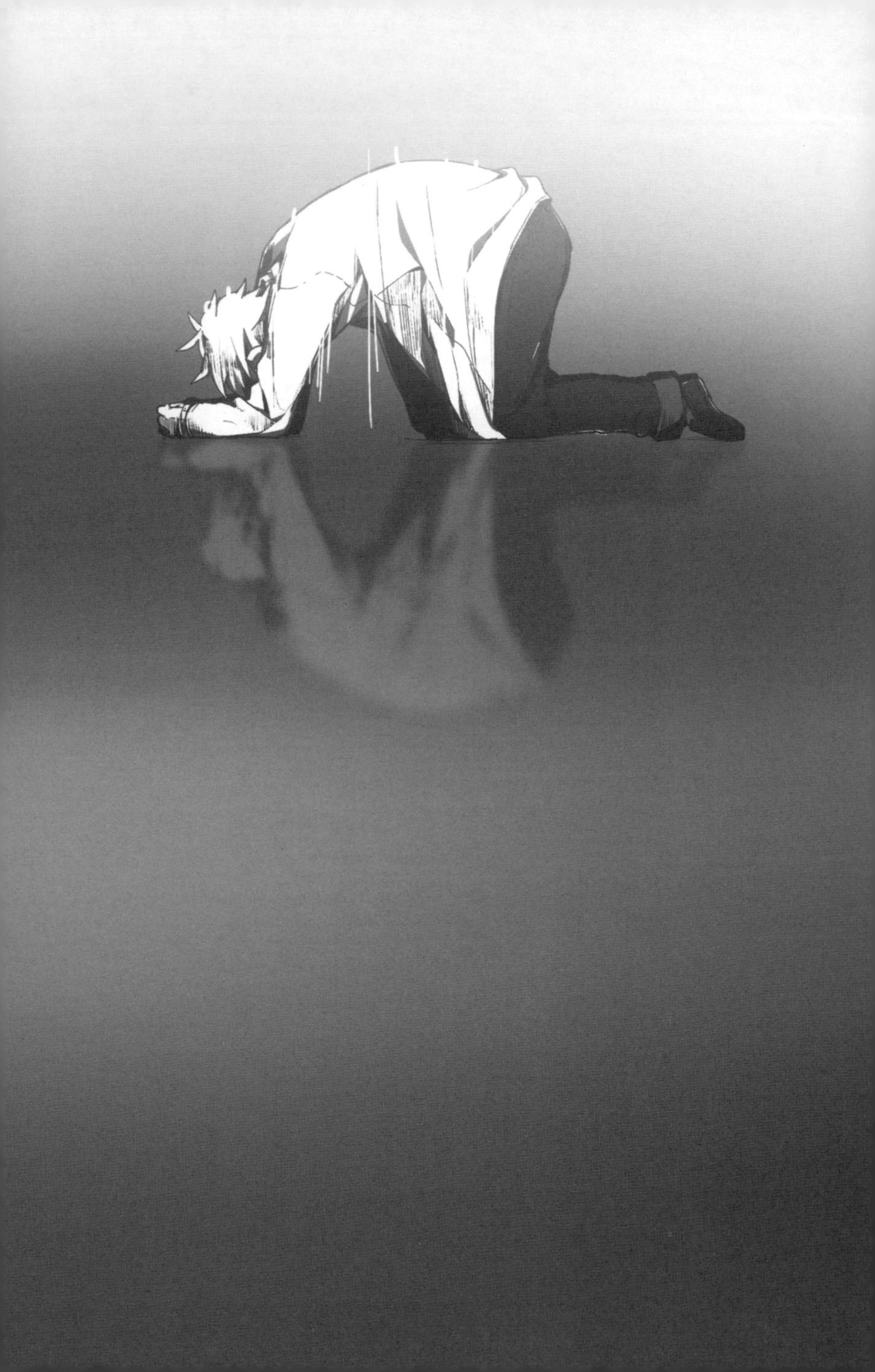

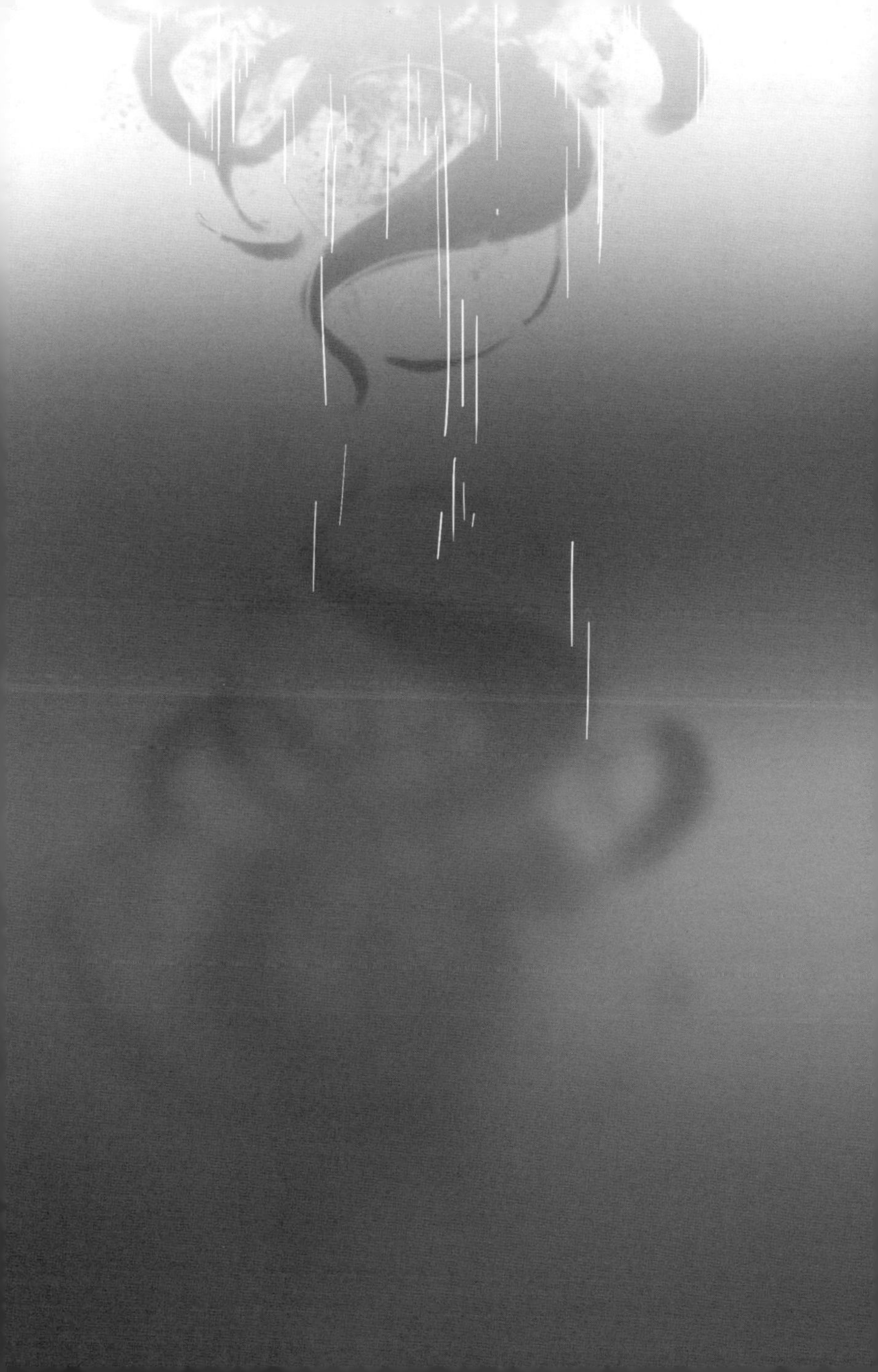

*

「……附在爸爸身上的果然是『明晰之蛇』，牠似乎打算實現爸爸的願望。」

「願望……」

「對。就是『想和媽媽再次見面』這個願望。」

「連、連這種事情都辦得到嗎？」

「好像只要在『這個世界』創造出怪物就行了。這麼一來，好像就可以和那些被吞噬到『那個世界』的人見面……」

「這、這樣不是很棒嗎！我們也來幫忙吧，那個……」

「不行！」

「咦……？」

「……要創造出怪物，就一定要把當初取代了生命的蛇聚集起來才行。一定要把聚集起來的蛇合而為一才行……所以……」

「所以那是指我們……？」

「我也很想見到媽媽啊……可是，如果代價是大家都會死掉的話，那樣絕對不可以……！」

「姊姊……」

「……媽媽一直到最後都在擔心大家啊。所以絕對不行變成那樣……！」

＊

「姊姊的學長姊……就是那些人？」

「對。修哉也有在學校見過他們吧？貴音學姊和遙學長……那條蛇，打算讓另一個世界剩下的蛇，附身在貴音學姊他們身上。大概打算讓他們被那個世界吞噬掉。」

「那不就是殺人嗎？……不、不管怎麼樣，做出這種事情，警察絕不會漠視不管的！」

「修哉代替我去學校的時候，我一直在調查。那條蛇，好像已經利用爸爸的身體做出許多壞事了……牠有好大一筆錢。不管是醫院、學校、警察……連更大更大規模的壞人，一定也都在協助那條蛇……」

「怎、怎麼這樣……」

「欸，修哉。我想試著和那條蛇溝通。我想大概只剩下這個方法了……」

「啊？這種事，根本不可能跟牠溝通吧！那可是輕易就打算殺人的傢伙喔！搞不好連正常的對話都辦不到……！」

「是嗎？可是你看，我這個人是個笨蛋，說不定對方會一時訝異，然後跟我說話呀！」

「不要開玩笑了！要是連姊姊都不在了，我們會……」

「你在說什麼傻話。我當然也打算永～遠和大家在一起喔！所以別再哭了吧？」

「不要……我不要這樣……姊姊不在的世界什麼的……！」

「沒問題的啦。修哉，你忘了嗎？姊姊可是『目隱團』的團長喔！那種東西不管是一條還是兩條，都只是小菜一碟啦。所以呢，修哉……」

「你不可以討厭這個世界喔！因為，大家一定都能獲得幸福的。」

＊

「姊姊！不行！」

我忍不住打開了門，衝了出去。

傍晚狂亂吹襲的強風，把站在屋頂邊緣的姊姊的黑髮，吹得四處飛揚亂飄。

姊姊的周圍是一整片橙色包圍住她，身影看起來是那麼地虛幻，彷彿隨時都會被吸入空中一樣。

「修哉……！」

姊姊臉上帶著害怕的表情，叫出我的名字。

「不、不要講這種奇怪的話……會永遠在一起……妳不是說過會永遠跟我們在一起嗎！」

聽到我的話，姊姊露出了非常愧疚的表情，但是卻沒有點頭。

「既然知道是不會成功的計畫，那麼繼續下去也沒有意義……不管是學姊他們，還是家人，就沒有殺死的必要了，對吧？」

姊姊這麼說完，轉身面向寬廣的落日晚霞。

要是姊姊的腳步再往外一點，她的身體就會毫無抵抗地墜落地面。

「住手！姊姊！」

我用盡全力放聲大喊。但是姊姊不但沒有退回來，甚至也沒有回頭。

「這個，會把死掉的人拖進去對吧？」

這麼說完後，姊姊的視線前方，瞬間出現了某個黑色霧氣般的東西，不斷晃動。

我以前曾經看過那個東西。那是這個世界上最「悲哀」的存在。

感覺快發瘋了。

我打從心底希望下一秒鐘永遠都不要到來。我對著我最討厭的這個世界，拚命地祈求：

「求求你停下來！」

誰都好，拜託來幫幫忙啊。救救姊姊，救救我們。

「對不起，修哉。姊姊果然很遜吧。感覺有點……可怕啊。」

最後，姊姊說出這句話，眼淚流了下來。

就算衝出去，也來不及了。

當姊姊那無力的、徹底託付給空中的身體，消失在我的視野當中時，我腦中似乎有個東西「啪嘰」一聲斷掉了。

「……唉，想不到事情竟然會變成這樣。這些傢伙實在讓人越來越看不下去，都不知道要說什麼才好了。」

「……我要宰了你。」

「喂喂喂，你應該也知道吧？讓你爸爸活下來的人，可是我啊。這麼一來你根本不可能殺掉我吧……不過話說回來，因為那傢伙，害我的計畫失敗了啊。既然沒辦法在這裡聚集所有的蛇，就沒辦法把這傢伙的老婆帶回來了。到底該怎麼辦呢……」

「既然這樣你就什麼也別做。至少……把爸爸還給我啊……！」

「你白痴嗎？失敗了，只要重新再來過就好啦。從頭開始……對了，你去『假扮』成那傢伙的屍體吧。這種事情你很拿手吧？然後你只要隨意地讓人找到，和我掛鉤的傢伙們就會去處理成自殺事件了。要是變成了失蹤事件，會很麻煩啊。」

「……你到底在講什麼鬼話……！」

「別搞錯了喔！是我讓你和你的家人活下來的。你想看自己的家人遭到殘忍殺害的樣子嗎？應該不想吧？」

「嗚……啊……」

「因為你的力量多少還派得上用場。只要乖乖照我的吩咐去做，我就不會做出危害你們的事……懂了嗎？不管你打算做什麼，命運都不會改變。如果不希望所有家人一起早死，你就小心一點吧。」

「可惡……可惡……！」

「你們都是活在我的股掌之間。可別忘了喔！臭小鬼。」

今天在道路上

那個女生，有沒有成功回到自己的身體裡呢？

雖然覺得回去了也沒有意義，但是最後能把所有抱怨說出來，真是太好了。

畢竟當初在屋頂上，我可是被迫聽了一大堆啊。至少在最後這一刻，讓她聽聽我的抱怨也無妨吧。

這麼說來，我有多久不曾對別人說自己的事了？

搞不好，這可能是第一次也說不定。

之所以可以這樣毫無顧忌地說出自己的身世，我想或許是因為對象是那個個性扭曲彆扭的人吧。

不知為何，我覺得我和那個人在某些奇怪的地方非常相似。哎，反正事到如今，這種事情也都完全無所謂了。

腳下的夜路，被路旁的街燈照出一團一團的光亮。那有些朦朧的燈光，讓人有種微妙的安心感。

每前進一步便發出來的腳步聲，聽起來非常悅耳。不知從何時開始，我喜歡上了這樣的夜晚。

我那彷彿會崩潰的表情，漆黑的夜色替我抹去了。

我那不說也無妨的汙穢話語，夜風則是替我掩飾過去。

黑暗，包容了我這顆醜陋扭曲的心。

……我到底是什麼時候改變的呢？

面對連這種事情都不知道的自己，實在讓人深切感到傻眼。

如今連疼痛都沒辦法讓我找回自己，我已經連確認「自己」是誰都辦不到了。

不過，現在應該也已經沒有必要思考這種事情了吧。

還差一點，全部就會結束。

因為眼前的黑暗根本無法與之相比的漆黑，大概會把無力的我們徹底壓垮吧。

……即使如此，我還是對昨天的男孩們做出了不好的事。

雖然很想至少讓那些孩子們逃跑，可是卻無計可施。

那傢伙說，在「女王」身邊集合是「蛇」的本能，那男孩似乎也不例外。

真的，什麼也改變不了。

就算試圖掙扎著改變某些東西，然而所有的一切依然可笑地變成了那傢伙所說的樣子。

如果連這個世界被創造出來的理由，都真的和那傢伙所說的一樣的話，那麼我們根本就無力抗衡。

到頭來，幸福到底是什麼呢？

事到如今，我甚至覺得這種東西打從一開始就不存在。

沒錯，就連在那個家裡度過的日子，現在也只覺得像是虛構的產物。

突然，耳中傳來一陣不屬於自己的腳步聲，我停下腳步。

朝著聲音的方向看去，在那看到了ＳＥＴＯ熟悉的身影。

「啊～～！終於找到了！」

ＳＥＴＯ這麼說道，一邊揮著手一邊跑過來。

「真是的～～我打工結束之後就一直在找你喔！要去其他地方的話，至少打聲招呼嘛，好過分！」

「為、為什麼要做這種事啊。有什麼關係，不過就是稍微出來一下嘛。」

我說完，ＳＥＴＯ立刻沉下臉。

「什麼！像昨天晚上大家也都很擔心你喔！如果不回來的話，至少也該連絡一聲啊。」

ＳＥＴＯ這種嘮嘮叨叨講個沒完的說話方式，讓我開始火大起來。

明明什麼都不知道，為什麼還敢這樣高高在上地講話啊。

「我知道啦。你一直嘰嘰喳喳的煩死人了。」

我忿忿地丟下這句話，SETO卻還是繼續悠哉輕率地說著：「什麼嘛，幹嘛說成這樣～～！我也很擔心你喔？」

……就算是我，也能了解這句話的意思。

我當然也有注意到他一直擔心著我。

可是，真的是突如其來地，連我自己都不再了解的「自己」的心，隨著一陣劇痛破裂開來。對於從缺口處滿溢而出的漆黑情感，我真的一點辦法也沒有。

「吵死了！你給我閉嘴！」

我的吼叫聲響徹整條夜路。

「明明什麼都不知道，不要再擅自說這種話了！無憂無慮又只會嘿嘿傻笑！不過只是表面上裝出擔心我的樣子……」

情感接連不斷地從口中宣洩而出，連我自己都已經搞不清楚自己在說什麼了。

「怎、怎麼了，這麼突然……」

「不要……不要再用那種方式說話了！搞什麼嘛……為什麼……」

我跪倒在地面，兩隻眼睛裡不斷落下淚水。

「為什麼都變了啊……SETO也是，KIDO也是……為什麼大家都沒有注意到我啊……！姊姊也是自己一個人死掉了……實在太過分了……」

自己所有的一切，彷彿正在逐漸崩潰壞去。

「我受夠了……這種世界，夠了……」

「KANO……」

SETO蹲了下來，抱住我的肩膀。

「不要緊，不要緊的……」

「什麼……什麼東西不要緊啊，渾蛋……」

根本沒有什麼事情是不要緊的。

這麼殘酷的世界，乾脆毀滅算了。這麼一來……

「對不起，沒有注意到你的事。明明就在這麼近的地方……」

我現在只能依靠著SETO所說的話。

「……我不行了。因為害怕，沒辦法告訴大家……所以……」

SETO輕輕拍了拍我快要癱倒的後背。

「我知道。讓你一個人背負這些，真的很抱歉……往後就讓我們一起背負吧。」

「因為我們是兄弟啊。」

有種懷念的感覺。

腦中想起了過去待在養護設施的「107號室」時，兩人一起說著祕密話題的夜晚。

感覺多年以前的小時候的我，似乎笑著對自己說「太好了呢」。

＊

我和ＳＥＴＯ一起走在回到祕密基地的路上。

不知道大家現在怎麼了？

一直隱瞞這件事情到現在的我，會不會被大家討厭呢？

「不會有這種事的。放心吧。」

ＳＥＴＯ的話，讓我嚇了一跳。

「你、你又使用能力了嗎……？總覺得好像很久沒這樣了，被讀取心聲實在有點不好意思啊。」

「咦咦？你剛剛不是才說，希望能聽聽你的心聲嗎？」

「嘎啊啊！剛剛的事情就別提了！……話說剛剛那件事，真的不准在大家面前提起喔！」

「哈哈哈！當然不會！這可是男人之間的祕密啊！」

說完，ＳＥＴＯ咧嘴笑了一下。

但是我卻垂下了頭。真的好久沒有做出這麼丟臉的事情了。

「啊～真是做了一件完全不像我的事情啊。啊～～……」

「偶爾為之沒關係啦！偶爾！」

SETO開朗的模樣，和平常沒有太大的差別。他真的理解事情的嚴重性了嗎？

不過就算理解了，SETO大概一樣會是這個樣子吧。

以前明明是個丟臉的愛哭鬼，現在已經徹底變成一個可靠的男人了。

一邊這樣聊著天，一邊走在回家的路上時，我在自動販賣機前發現一道人影。

「嗚……又來一個麻煩人物……」

人影似乎發現了我們，開始快步朝著這裡走近。

身上穿著不知道從哪裡偷拿的、看起來像是住院服的東西，長長的黑髮綁成了雙馬尾。

「……咦？那個人是誰？」

「……是ENE。」

聽到我的話，SETO思考停止了一陣子。

不能怪他。畢竟這是二次元與三次元的差異。能夠瞬間理解的傢伙應該不多吧。

「咦咦咦？ENE應該更加那個……感覺應該更小巧一點……」

「你說誰矮了？誰？」

眼神兇惡的少女逼近過來，邊說邊瞪向SETO。

SETO不禁回答「噫噫！啊，沒有啦～……」眼神飄忽不定。

「……所以叫妳貴音學姊會比較好嗎？」

我這麼一問，貴音學姊臉上露出了極不高興的苦澀表情。

「唔……太麻煩了，隨你高興吧。」

「嗯～……不過貴音學姊是姊姊的稱呼方式……那我還是用我的叫法，叫妳貴音吧。」

說完，貴音輕聲抱怨「我明明比較年長……」但是似乎接受了。

「話說回來，你是怎樣？看起來很有精神嘛。明明剛剛還是一副要死不活的表情。」

「哎、哎呀～這個嘛，因為發生了很多事。另外，如果可以的話，希望妳不要把剛剛那番話告訴大家……」

我說到這裡，貴音臉上立刻露出了奸笑。她的個性真的超級扭曲的耶。跟我一樣。

「喔～假扮成姊姊的樣子上學，真的讓你這麼難為情啊？原來如此原來如此～」

貴音故意這麼回答。

不行。把事情告訴這傢伙果然是個錯誤。她看起來簡直是如魚得水。

「倒是貴音妳還真有辦法回來呢。之前明明那麼豪邁地扮演『ENE』……」

我說出這句話的瞬間，貴音立刻蹲了下來，抱住自己的頭。

「好想死好想死好想死好想死……」

看來是打出一個爆擊了。

「啊啊～……到底該怎麼辦啊。一定會覺得噁心，肯定會覺得噁心的……」

哎，這也是無可奈何的事。

畢竟一直到今天為止，還在自己一直視為大敵的傢伙面前大吵大鬧地叫著「主人主人」什麼的啊……

……對了，我也必須和SHINTARO道歉才行。

雖然當時正在氣頭上，不過我真的很惡劣地對他做出了難以挽回的事。

雖然不覺得他會原諒我，可是至少要把所有的一切全部說出來才行……

「怎麼了？你很在意他嗎？」

可能是察覺到我的想法，蹲下抱頭的貴音邊說邊抬頭望向我。

「……是沒錯啦。畢竟我對他做了很過分的事。」

「嗯～那傢伙也不是笨蛋，只要好好說清楚，我想他應該不會懷恨在心。我也有一大堆事情非得向那個傢伙解釋不可，就一起說吧。」

「……說得也是。就這麼辦吧。」

貴音似乎非常理解關於ＳＨＩＮＴＡＲＯ的事。

真不愧是一起度過了這麼長的時間啊。

「啊，果然不行……光是想到那個傢伙就想吐……」

貴音突然這麼說，然後再次抱住了頭。

「咦咦？根本完全不行嘛！話說妳這兩年根本什麼也沒吃吧，是要吐什麼？」

「沒有啦，我剛剛去吃了拉麵。」

「錢呢？」

「啊～～！吵死了！因為我好久沒吃了啊！整整兩年喔！兩年！想吃一碗叉燒拉麵也是很正常的吧！」

「不，所以我問妳錢是從哪來……」

看著我們交談的模樣，ＳＥＴＯ靜靜地舉起手。

這麼說來，我徹底把他忘在一旁了。

「那、那個，我有點搞不清楚狀況……」

ＳＥＴＯ的眼睛不斷打轉，如此說道。

要說明也是可以，不過之後就要在祕密基地裡舉辦說明大會了，還是等一下再說吧。

不過，不會隨便讀取我們的思考這一點，真的很有ＳＥＴＯ的風格。

「……哎，不管怎麼說，之後事情會變得非常混亂，所以就等到大家集合的時候再來說明吧。總之我們現在先回去吧？」

我說完後，貴音和ＳＥＴＯ像是約好了似地回應：「喔！」

「話說貴音啊，妳願意回來，就表示妳有幹勁吧？」

我這麼一問，貴音立刻用鼻子重重哼了一聲。

「當～～然！而且我也跟ＡＹＡＮＯ約好了啊。總之只要把那個鬍子老頭抓來揍一頓就行了吧？應該說不抓來揍一頓我根本無法消氣啊。」

眼中閃閃發光的貴音，似乎不是非常理解事情的來龍去脈。不過現在這個狀況下，她實在是太可靠了。

「我也有話想跟ＭＡＲＩ說。哎呀～～感覺好像非常困難，不過只要大家同心協力，事情一定會好轉的！」

ＳＥＴＯ邊說邊拍了拍我的背。

「痛痛痛……哎呀～～真的，自己一個人煩惱的我，根本像個笨蛋啊。」

說完，我自己也笑了出來。

儘管即將面臨世界末日，大家也都還是沒有變。

「因為大家都變了，所以很寂寞」什麼的，真的是徹底搞錯方向了。

「哦～～原來你笑起來是這個樣子啊。」

貴音露出了驚訝的表情，如此說道。

「咦？」

「就是啊～～！KANO因為太害羞了，平常總是很少笑！」

被他們這麼一說，我的臉開始漸漸燙了起來。

「喔～～？怎麼，又想隱藏起來了嗎？」

貴音立刻露出奸笑，捉弄著我。

「吵、吵死了啦！好了，快回去吧！」

「喔！哎呀～～不過肚子有點餓了呢。先吃飯吧！吃飯！」

「不，就說我剛剛吃過拉麵了……」

……姊姊。

妳有在看嗎？姊姊。

雖然變得比以前更吵鬧了，不過我們好像都沒有變喔。

像今天，待會兒似乎也會開始玩起假扮祕密組織的遊戲。很好笑吧。

……欸，姊姊。

再等一下，我就要對姊姊最喜歡的「那傢伙」說出所有的一切了。

總覺得那傢伙實在很軟弱，老實說我不太喜歡他，不過看來那傢伙還挺有趣的。

如果是那傢伙，似乎就可以從爸爸手上、從世界手上，把姊姊搶回來。雖然講起來真的很奇怪就是了。

啊啊，對了。姊姊的編號……NO．0會一直空著的。

要是回來了，我們再和以前一樣，像笨蛋一樣大玩特玩吧。

所以，只要再一下就好……

……再等一下吧，姊姊。

～後記「目光豁然開朗的內容」～

我是じん。《KAGEROU DAZE陽炎眩亂5-the deceiving-》不知大家看得還開心嗎？

這次的主角是「KANO」這位青年。

和目前為止曾經擔任過主角的角色們相比，他性格不坦率的地方比較多，描寫起來真的很不輕鬆，不過也因此成為一個更加令人喜愛的角色。之後希望能在真正的意義上，讓他和SHINTARO他們的感情變得更好。

不過，聽說有非常多人喜歡KANO這個角色的樣子，真的非常感謝。

上一集的後記也有提過，我有個親戚的小孩似乎也很喜歡KANO。

這就是所謂「受歡迎」的傢伙吧。哎呀呀，真令人羨慕。

因此，為了喜歡KANO的廣大讀者們，我本來打算讓KANO在這一集嘔吐個一兩次的，但因為內容結構問題而取消了。這傢伙運氣也太好了。

順帶一提，我媽好像喜歡SHINTARO。老實說根本無所謂。

對了對了，關於這一集的副標題，直到確定為「-the deceiving-」為止，可是經歷了一大串曲折離奇的發展。

的確，感覺好像有提出「-the deceiver-」或「-the night of deceive-」之類的提案。

最後是由「身為超能力者的我變身成女高中生的姊姊的樣子前往學校」和「-the deceiving-」雙方單挑，而前者獲得了壓倒性的不支持，所以才變成現在這樣。真的好令人糾結呢。

就這樣，小說終於出到第五集了。故事也開始逐漸接近尾聲。

不過話說回來，一個故事越接近結束，果然心裡就會變得越寂寞呢。

這個系列是我的第一部小說作品，所以我還沒有體會過「作品完結」到底是什麼感覺。

但是，故事方面的結局是早就決定好的，所以我想這部小說應該不會變成長篇作品。

我會一直盡全力執筆直到最後。現在還有一點時間，如果大家願意一起觀察角色們的成長，那就太讓人高興了。

哎呀哎呀，真的都是因為獲得了許多支持，這一集才有辦法繼續像這樣寫著啊。

我經常在寫稿途中溜去上網（偷懶），不過看到這麼多人創作著目隱團員們的插圖和小說，真的超級令人開心的！

當中也有繪製目隱團漫畫等作品的人，這同樣也是非常有趣啊。

這麼說來，主線故事裡好像沒有「日常篇」之類的東西吧？而且也沒有出現十名團員齊聚一堂的描寫。

所以我也希望總有一天能寫團員們的日常生活。不知道有沒有這個機會呢～

總之總之，本書是抱著絕不輸給其他人的想法，一邊思索各種點子一邊寫出來的。

咦？你說出書速度好像變得比以前慢了？沒這回事沒這回事，我絕對沒有偷懶。只是因為忙得跟鬼一樣啊。

和小說執筆同時進行著參加演唱會、製作遊戲主題曲、寫動畫劇本、製作動畫主題歌……

……

本作品要動畫化了！（慢）

是的，就是這樣。

於本作品《KAGEROU DAZE陽炎眩亂》之中登場的角色們，透過新的故事大肆活躍的動畫「MEKAKUCITY ACTORS」，這次就要在日本全國各地播放了！（說明語調）

哎呀呀，真的太讓人開心了。只要努力創作，夢想真的就會實現呢！我重新體會到這個道理。

這也都是託了各位支持的福。哎呀，真的。

第六集應該可以在不遠的將來發表。今後也請務必務必繼續為我加油打氣！

那麼，就在下一集的後記見了！

じん（自然の敵P）

ほくろ

※痣

しづ

小說第五集!!
恭喜得以順利發售!!!
MEKAKUCITY ACTORS動畫也終於要開播了呢!!
KANO也開始變得越來越煩人了!!最愛他了!!!
最近在各種地方都有種「真的是受到眾人喜愛的
作品呢~~」這樣的感覺。將來也會拚命期待後續的!!!
至於漫畫方面,
じん桑新寫的故事正在快速發展中!
じん桑真的是辛苦你了……!!
漫畫的故事也非常有趣喔!!請務必親自體驗一下
小說、動畫和漫畫三種不同的樂趣吧!
KANO
佐藤まひろ

恭喜小說
第五集發售！
陽光
じん桑&しづ桑，
辛苦你們了！
每次在這裡畫祝賀感言的時候，
心裡都會想「啊～～我也
好想追上去」
……不過！今年會以
要追過你們的等級
努力追趕的！
希望兩位不要老是光吃漢堡，
注意一下飲食習慣吧～!!
以上是
りゅうせー！
有稍微
在接插畫的
工作。
twitter
↳@ryuuseee

小說第五集
恭喜順利發行！
我是KANO~
每次看到被截稿日
追著跑的じん桑，
就會一邊想著
「會不會不小心
過勞死…」一邊提心
吊膽地表示關心，
能夠順利發售真是
太好了！
我將來會
一直期待著
じん桑的活躍，
同時自己也會
努力加油的！

封面草稿

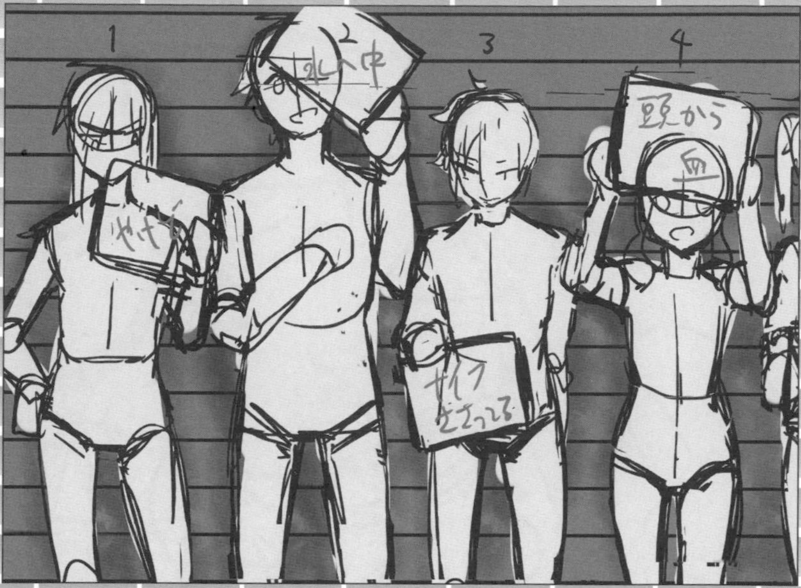

※因是長橫幅圖，從中間分為左右兩邊來呈現此為左半邊

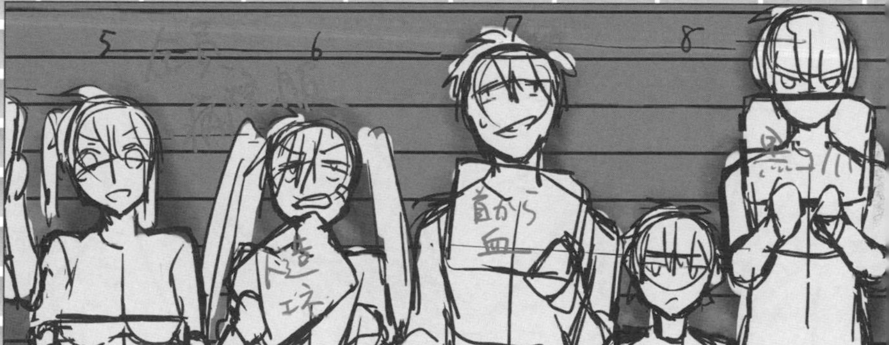

※右半邊。

彩色內頁草稿

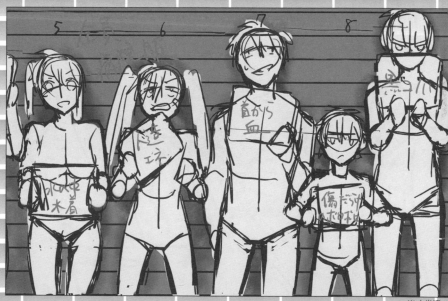

內文插圖①草稿

內文插圖②草稿

內文插圖③草稿

內文插圖④草稿

內文插圖⑤草稿

內文插圖⑥草稿

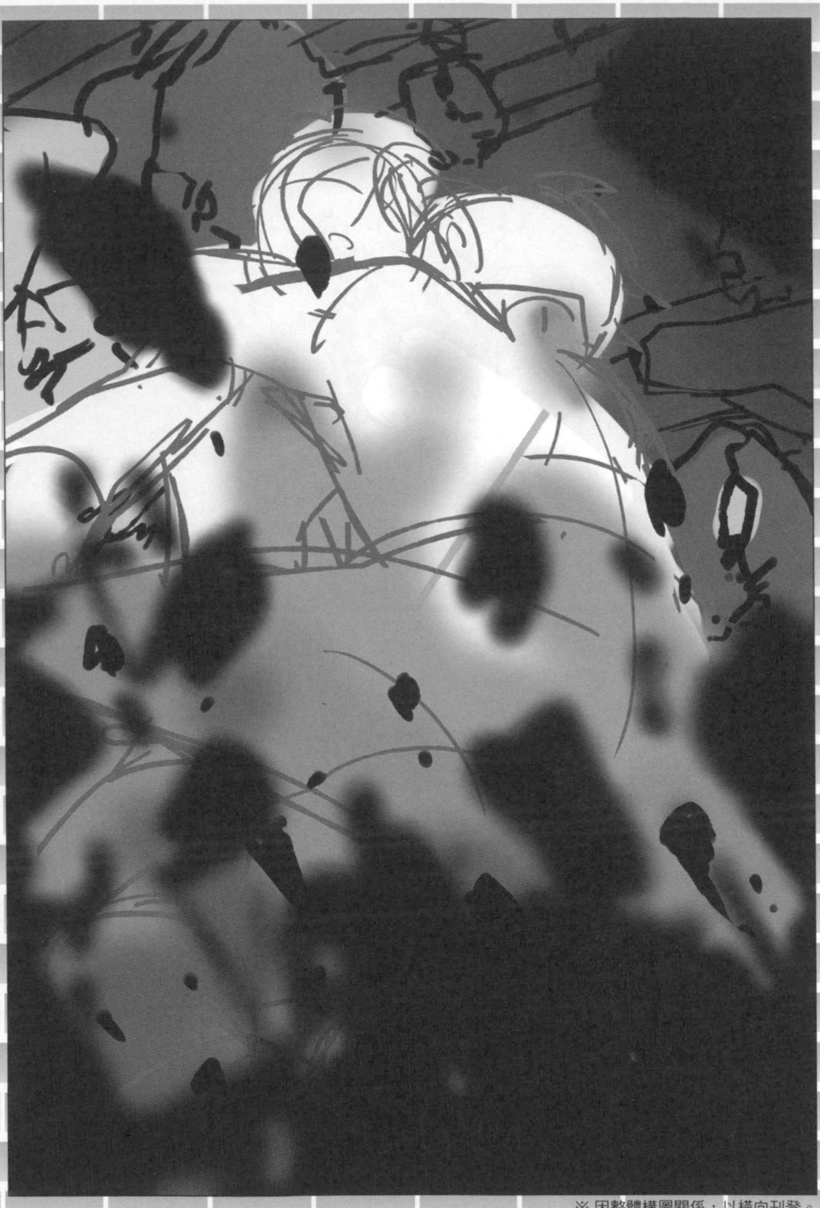

※ 因整體構圖關係，以橫向刊登。

內文插圖⑦草稿

※ 因整體構圖關係，以橫向刊登。

內文插圖⑧草稿

※ 因整體構圖關係，以橫向刊登。

內文插圖⑨草稿

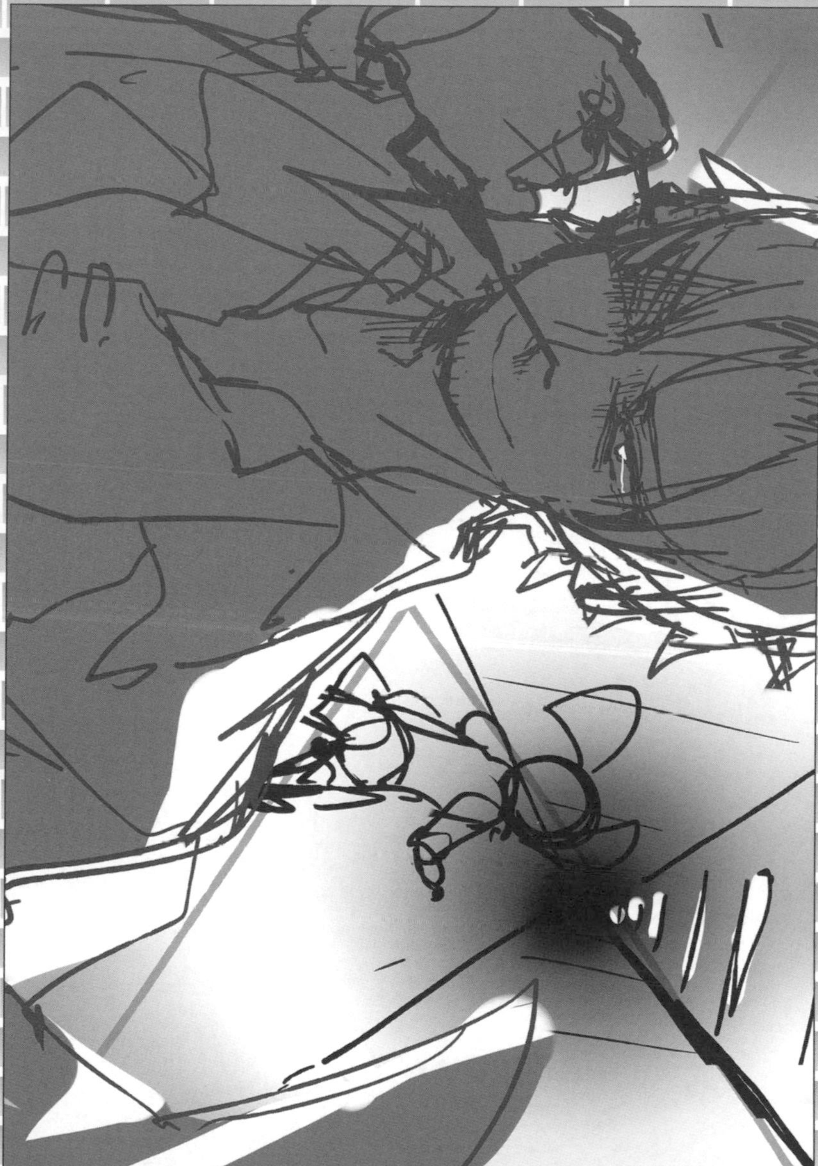

※ 因整體構圖關係，以橫向刊登。

內文插圖⑩草稿

國家圖書館出版品預行編目(CIP)資料

KAGEROU DAZE陽炎眩亂. 5, the deceiving /
じん(自然の敵P)作 ; 佐加奈譯.
-- 初版. -- 臺北市 : 臺灣角川, 2014.11
面； 公分.

譯自：カゲロウデイズ. 5, the deceiving
ISBN 978-986-366-218-1（平裝）

861.57 103019840

Kadokawa
Fantastic
Novels

KAGEROU DAZE 陽炎眩亂 5

-the deceiving-

（原著名：カゲロウデイズ V -the deceiving-）

2014年11月13日　初版第1刷發行

作　者：じん（自然の敵P）
插　畫：しづ
譯　者：佐加奈

發行人：加藤寛之
總　監：施性吉
總編輯：蔡佩芬
主　編：吳欣怡
文字編輯：黃怡珮
資深設計指導：黃珮君
設計指導：許景舜
印　務：李明修（主任）、張加恩、黎宇凡、張則蝶

發行所：台灣角川股份有限公司
地　址：105台北市光復北路11巷44號5樓
電　話：（02）2747-2433
傳　真：（02）2747-2558
網　址：http://www.kadokawa.com.tw
劃撥帳戶：台灣角川股份有限公司
劃撥帳號：19487412
法律顧問：寰瀛法律事務所
製　版：尚騰印刷事業有限公司
ISBN：978-986-366-218-1

香港代理：香港角川有限公司
地　址：香港新界葵涌興芳路223號
新都會廣場第2座17樓 1701-02A室
電　話：（852）3653-2888

First published in Japan in 2014 by KADOKAWA CORPORATION ENTERBRAIN
Chinese translation rights arranged with KADOKAWA CORPORATION ENTERBRAIN